Art&Classic

이상한 나라의 앨리스

◆ 일러두기

　본문의 각주는 모두 옮긴이의 주 입니다.

Art&Classic

이상한 나라의 앨리스

Alice's Adventures in Wonderland

루이스 캐럴 지음 ✕ **퍼엉** 그림 ✕ **박혜원** 옮김

RHK
알에이치코리아

지은이

루이스 캐럴

Lewis Carroll

세계적인 동화작가인 루이스 캐럴의 본명은 찰스 루트 위지 도지슨이다. 1832년 영국 체셔 지방의 성직자 집 안에서 태어난 그는 옥스퍼드 대학 수학과를 졸업하고, 모교의 교수로 재임했다. 이 책 『이상한 나라의 앨리스』는 앨리스 리델 자매들에게 들려준 이야기를 동화로 적은 것으로 1865년 정식 출간되었다. 출간된 이래 긴 시간 동안 많은 이들에게 사랑받았으며, 전 세계 수많은 나라에서 연극, 영화, 애니메이션 등으로 각색되며 판타지의 고전으로 자리매김하였다. 지은 책으로 『이상한 나라의 앨리스』의 속편격인 환상동화 『거울 나라의 앨리스』, 장편소설 『실비와 브루노』가 있고 시집 등을 펴냈다.

그린이

퍼엉
Puuung

한국예술종합학교에서 애니메이션 예술전문사 학위를 받았다. 네이버 그라폴리오에 '편안하고 사랑스럽고 그래'라는 제목의 따뜻하고 공감 가득한 이야기를 연재하면서 많은 이들에게 주목받았다. 이후 세계적인 사랑을 얻으며 7개국에서 8권의 일러스트북을 출간하였다. '편안하고 사랑스럽고 그래'의 연재를 지속하고 있으며, 유튜브에 애니메이션 시리즈를 발표하고 있다. 이 책에서는 퍼엉만의 감성으로 『이상한 나라의 앨리스』를 재해석하여 유쾌하고, 사랑스럽고, 신비로운 캐릭터를 만들어냈다.

차 례

황금빛으로 빛나는 오후,

우리는 한가로이 미끄러지듯 나아가네.

작은 두 팔은 서툴지만

열심히 양쪽으로 노를 젓네.

작은 두 손으로 젓는 시늉하며

우리의 유랑을 이끄네.

아, 무정한 세 아이들!

이런 시각에 이토록 근사한 날씨에

가장 작은 깃털*조차 흔들 수 없는

연약한 사람에게 이야기를 해달라고 조르다니.

하지만 힘없는 목소리 하나가

함께 조잘대는 세 목소리를 어찌 이기겠나?

첫째 프리마는 명령하듯 얼른 말하네.

"시작하세요."

다정한 둘째 세컨드는 기대에 부풀었네.

"말도 안 되는 부분도 있을 거야."

셋째 테르샤는 시시때때로

이야기에 끼어드네.

이윽고 갑작스레 침묵이 내려앉고

아이들은 환상을 좇아

야생과 새로움으로 가득한

이상한 나라를 여행하는구나.

새와 동물과 재잘대며

정말일지 모른다고 믿는구나.

환상 세계의 이야기 샘이

비로소 바닥을 드러내네.

고단한 이는 이야기를 마치려

슬그머니 애를 쓰네.

"다음에 또 하자."

하지만 "지금이 다음이에요."
즐거운 목소리들 소리치네.

이상한 나라의 이야기는
이렇게 서서히, 하나씩 하나씩 늘어가네.
기묘한 이야기를 가득 풀어내
이제 이야기는 막을 내리네.
지는 해 아래로 흡족한 우리는
집을 향해 돌아가네.

앨리스! 너의 보드라운 손길로
동심 가득한 이 이야기를 가져다
어린 시절 꿈이 아직 남아 있는 그곳,
신비로운 기억의 가닥이
엮여 있는 그곳에 두려무나.
마치 멀고 먼 땅에서 꺾어 온
순례자의 시든 꽃다발처럼.

* feather은 깃털 외에 노를 수평으로 젓는 동작이라는 뜻도 있어 가장 작은 노
  도 제대로 젓을 힘이 없다는 의미로도 해석할 수 있다.

01
토끼 굴 속으로

앨리스는 언니와 함께 하릴없이 강둑에 앉아 있는 게 지루해지기 시작했다. 언니가 읽고 있는 책을 한두 번 힐끗 보기는 했지만 그림도 없고 대화문도 없었다. 앨리스는 생각했다.

'무슨 저런 책이 다 있담. 그림도 없고, 대화문도 없는 책이라니?'

그래서 앨리스는 데이지 꽃목걸이를 만들까 생각했다. 하지만 몸을 일으켜 꽃을 따는 노력을 할 만큼 만드는 게 즐거

울지 고민스러웠다. (날이 이렇게 더우니 졸리기도 하고 멍해지기도 했다.) 그때 갑자기 분홍색 눈의 토끼가 앨리스를 곁을 스쳐 뛰어갔다!

그렇게 놀랄 만한 일은 아니라는 생각이 들었다. 토끼가 중얼거리는 것도 그다지 이상해 보이지 않았다.

"이런! 이런! 이렇게 늦다니!"

(나중에 생각해보니 이상하게 여겼을 법도 한데 그때는 너무나 자연스러워 보였다.)

하지만 토끼가 조끼 주머니에서 시계를 꺼내 본 다음 서둘러 사라지자 앨리스는 벌떡 일어섰다. 주머니 달린 조끼를 입은 토끼는 본 적이 없고, 주머니에서 시계를 꺼내 보는 토끼도 본 적이 없다는 생각이 들었기 때문이었다. 호기심이 생긴 앨리스는 토끼를 쫓아 들판을 가로질러 달렸다. 다행히 토끼가 키 작은 나무 수풀 아래에 있는 커다란 굴로 쏙 들어가는 모습을 보았다.

앨리스는 도대체 어떻게 다시 빠져나올 건지는 생각조차 하지 않고 시계 토끼를 쫓아 굴로 뛰어들었다.

토끼 굴은 터널처럼 쭉 뻗어 있다가 갑자기 밑으로 뚝 떨어진 형태였다. 앨리스는 어떻게 멈출지 생각할 겨를도 없이 깊은 우물 같은 곳으로 떨어졌다.

토끼 굴이 아주 깊은 건지 떨어지는 속도가 아주 느린 것인지, 앨리스는 여유롭게 떨어지면서 이제 무슨 일이 일어날까 두리번거렸다.

먼저 어디로 떨어질지 아래를 내려다보고 확인했지만 너무 깜깜해서 아무것도 보이지 않았다. 그래서 토끼 굴의 벽면을 살펴보니 벽은 찬장과 책장으로 꽉 차 있었다. 벽에 달린 고리에는 지도와 사진이 잔뜩 걸려 있었다.

앨리스는 찬장을 지나치다가 선반에서 유리병을 하나 꺼내 들었다. '오렌지 마멀레이드'라고 쓰여 있었지만 아쉽게도 병은 비어 있었다. 앨리스는 혹시라도 유리병을 떨어뜨리면 밑에 있는 누군가가 맞아 죽을 수도 있겠다는 걱정이 들었다. 그래서 아래로 떨어지면서 마주친 찬장 하나에 병을 조심조심 놓았다.

앨리스는 속으로 생각했다.

'어머, 이렇게 오래 떨어져본 다음엔 계단에서 구르는 건 아무것도 아니겠는걸! 식구들은 얼마나 내가 용감하다고 할까! 집 꼭대기에서 떨어져도 아무 소리도 안 내야지!' (정말로 그럴 수 있을 것 같았다.)

"이런! 이런! 이렇게 늦다니!"

앨리스는 도대체 어떻게 다시 빠져나올 건지는
생각조차 하지 않고 시계 토끼를 쫓아 굴로 뛰어들었다.

내려가고, 내려가고, 내려가고, 끝도 없이 떨어지고 있었다.

앨리스는 "이제까지 내가 몇 마일이나 계속 떨어진 거지?" 하고 크게 말했다.

"지구 중심으로 가까이 가고 있는 게 분명해. 어디 보자. 그렇다면 육천 킬로미터 아래일 거야."

(앨리스는 학교에서 이 내용을 몇 번 배웠다. 듣는 사람이 아무도 없으니 아는 걸 뽐낼 좋은 기회는 아니었지만, 그래도 다시 말해보는 건 좋은 습관이니까.)

"그래. 거리는 그 정도가 맞아. 그런데 내가 있는 위치의 경도나 위도는 뭘까?"

(앨리스는 경도니 위도니 전혀 아는 게 없었지만 입 밖으로 내기에 멋진 단어라고 생각했다.)

한편 이런 상상을 하며 말했다.

"내가 지구를 뚫고 나가고 있는 건지도 몰라! 지구 반대편으로 가서 머리를 아래쪽으로 하고 걷는 사람 사이로 내가 뿅 튀어나오면 얼마나 재밌겠어! 반감*이라고 하던가. (이번

---

* 앨리스는 단어를 반감antipathies이라고 잘못 사용했다. 대척점antipode이 맞는 단어이다.

에는 듣는 사람이 없어 다행이었다. 단어를 틀리게 말한 게 확실했기 때문이었다.) 그래도 나라 이름은 물어봐야지. 실례합니다만 여기가 뉴질랜드인가요, 호주인가요? (앨리스는 이렇게 말하면서 한쪽 발을 뒤로 살짝 빼고 무릎을 굽혀 인사하려고 했다. 떨어지면서도 예의를 차리다니! 누가 이렇게 할 수 있을까!) 그런데 그런 걸 묻는다고 나를 멍청한 여자애라고 생각할 수도 있잖아! 아냐, 그 질문은 절대로 하지 말아야겠다. 어딘가에 쓰여 있을지도 모르니 둘러봐야지."

내려가고, 내려가고, 내려가고. 앨리스는 할 일이 아무것도 없으니 금방 다시 떠들기 시작했다.

"오늘 밤에 다이나가 나를 많이 찾겠네……. 그 생각을 못 했구나! (다이나는 앨리스의 고양이다.) 식구들이 차 마시는 시간에 우유를 꼭 줘야 할 텐데. 고양이 다이나야! 여기에 나랑 같이 있으면 얼마나 좋을까! 여기에 아쉽게도 쥐는 없지만 박쥐는 잡을 수 있을 거 같아. 그런데 고양이가 박쥐를 먹나?"

슬슬 잠이 오기 시작한 앨리스는 잠꼬대하듯 말했다.

"고양이가 박쥐를 먹나, 고양이가 박쥐를 먹었던가?"

이렇게 중얼거리기도 했다.

"박쥐가 고양이를 먹나?"

앨리스는 어느 쪽 질문에도 대답하지 못했기 때문에 어떻게 물든 별 상관은 없었다. 앨리스는 점점 꾸벅꾸벅 졸더니 이제 고양이 다이나와 손을 잡고 걸으며 열심히 고양이에게 물어보는 꿈을 꾸기 시작했다.

"다이나, 사실대로 말해봐. 박쥐 먹어본 적 있니?"

그때 갑자기 쿵! 쿵! 앨리스는 나뭇가지와 마른 나뭇잎이 산더미처럼 쌓인 곳에 떨어졌다. 이제 떨어지는 것이 끝난 것이다.

앨리스는 어디 한 곳에도 상처를 입지 않았기에 벌떡 일어나 위를 쳐다보았다. 하지만 온통 새카맣기만 했고, 아무것도 보이지 않았다. 앞에는 기다란 통로가 있었는데 시계 토끼가 여전히 종종걸음으로 가고 있었다. 망설일 틈이 없었다. 앨리스는 바람처럼 쫓아갔다. 때마침 토끼가 모퉁이를 돌면서 하는 말이 들려왔다.

"어머, 내 귀랑 수염아, 이렇게 늦어지다니!"

앨리스는 토끼를 쫓아 모퉁이를 돌았다. 하지만 바로 앞에 있던 토끼는, 앨리스가 모퉁이를 돌아서니 온데간데없이 사라져 보이지 않았다. 앨리스 앞에는 낮은 천장에 전등이 일

렬로 달린 기다란 방이 펼쳐졌다.

방은 여러 개의 문으로 빙 둘러져 있었고 모두 잠겨 있었다. 앨리스는 이리로 돌아보고 저리로 돌아보며 문을 하나씩 확인했지만, 이내 실망해서 가운데로 터벅터벅 걸어가 이제 어떻게 밖으로 나갈지 궁리해보았다.

그때 갑자기 다리가 세 개인, 전체가 유리로 만들어진 탁자가 눈에 들어왔다. 탁자 위에는 황금으로 된 작은 열쇠가 놓여 있었다. 앨리스는 열쇠를 보자마자 방 안에 있는 문들 중 하나에 맞겠다고 생각했다.

하지만 이런! 열쇠 구멍이 너무 크거나 작아서 맞는 문은 하나도 없었다. 앨리스는 다시 한 번 방을 돌아보았다. 앨리스는 미처 보지 못했던 낮게 드리워진 커튼을 발견했다. 커튼 뒤로는 40센티미터 정도 되는 작은 문이 있었다. 앨리스가 황급히 열쇠를 구멍에 끼워 넣자 기쁘게도 딱 들어맞았다!

문을 열고 들어가자 폭이 쥐구멍만 한 작은 통로가 나왔다. 무릎을 꿇고 통로 너머를 보니 이제껏 본 적 없는 아주 아름다운 정원이 있었다. 앨리스는 어두운 통로를 어서 빠져나가 화려한 꽃밭과 멋진 분수 사이를 거닐어보고 싶었다. 하지만 문이 너무 작아서 머리도 안 들어갈 듯했다.

내려가고,

내려가고,

내려가고,

끝도 없이

떨어지고 있었다.

'머리가 들어가도 어깨를 집어넣을 수 없을 테니 무슨 소용이람. 아, 내 몸이 접히는 망원경처럼 착착 접히면 얼마나 좋을까! 어떻게 시작하는지만 알아도 할 수 있을 거 같은데.'

앨리스는 지금까지 말도 안 되는 일이 많이 일어났으니 이제 진짜로 불가능한 일은 거의 없다고 믿기 시작했다.

작은 문가에서 멍하니 기다릴 필요가 없다고 판단한 앨리스는 유리 탁자로 다시 돌아갔다. 탁자에 다른 열쇠가 있거나 혹은 사람을 망원경처럼 접는 법을 설명한 책이 있지 않을까 기대하는 마음도 있었다. 그런데 이번에는 탁자 위에 작은 병이 놓여 있는 게 아닌가. (앨리스는 "아까는 진짜 없었는데……"라고 중얼거렸다.) 병목에 달린 종이 꼬리표에는 '나를 마셔요'라고 큰 글씨로 예쁘게 적혀 있었다.

'나를 마셔요'라고 적혀 있긴 했어도 똑똑한 앨리스는 서둘러 마실 생각은 없었다.

"아니야, 먼저 병을 살펴봐야지. '독약'이라는 표시가 있는지 확인해봐야겠어."

앨리스는 화상을 입거나 사나운 야생동물 혹은 괴물에게 잡아먹힌 아이 이야기 같은 기분 나쁜 이야기를 몇 차례 읽은 적이 읽었다. 그건 모두 친구들이 일러준 간단한 원칙을 기억하지 않아서 벌어진 일이었다. 빨갛게 달아오른 부지깽이를 너무 오래 잡고 있으면 덴다던가, 날카로운 칼을 너무 가까이하면 손가락이 베어서 피가 난다던가 하는 원칙 말이다. 게다가 앨리스는 '독약'이라고 쓰인 걸 많이 마시면 결국엔 탈이 난다는 걸 똑똑히 기억하고 있었다.

병에 '독약'이라는 표시는 없었으므로 앨리스는 일단 마셔보기로 했다. 용기내어 꿀꺽 마셔보니 정말 맛있었다. (사실 체리파이와 커스터드, 파인애플, 칠면조 구이, 토피 사탕, 버터를 바른 따끈따끈한 토스트가 섞인 맛이었다.) 앨리스는 그 병을 단숨에 비워버렸다.

    *   *   *   *   *   *   *
      *   *   *   *   *   *
    *   *   *   *   *   *   *

"정말 이상한 기분이 드는데! 내 몸이 진짜 망원경처럼 착착 접히고 있어."

정말로 앨리스의 몸은 점점 작아지고 있었다. 앨리스는 이제 겨우 25센티미터 정도밖에 되지 않았다. 작은 문을 통과해 예쁜 정원으로 가기에 딱 맞는 크기가 되자 앨리스 얼굴은 기쁨으로 환해졌다. 하지만 우선은 몸이 더 줄어드는지 잠시 기다려보기로 했다. 불안한 마음이 조금씩 밀려와 이렇게 중얼거렸다.

"어쩌면, 다 타버린 양초처럼 완전히 사라져버릴 수도 있잖아. 그러면 어떻게 될까?"

앨리스는 촛불이 꺼진 다음에 양초가 어떻게 됐었는지 떠올려보려고 했지만 도무지 그런 걸 본 기억은 나지 않았다.

한동안 아무 일도 일어나지 않자 앨리스는 곧장 정원을 향해 뛰었다. 하지만 아, 가여운 앨리스! 문에 도착하자마자 작은 황금 열쇠를 두고 왔다는 걸 깨달았다.

다시 유리 탁자로 가보니 이제는 탁자가 너무 높아 손에 닿지 않았다. 유리를 통해 보니 열쇠가 놓여 있는 게 분명히 보였다. 앨리스는 탁자 다리를 잡고 올라가보려고 안간힘을 쓰며 끙끙댔지만 너무 미끄러웠다. 여러 번 시도해봐도 번번이 미끄러지자 불쌍한 앨리스는 주저앉아 울음을 터트렸다.

앨리스는 스스로를 날카로운 목소리로 다그쳤다.

"이렇게 울어봤자 뭐가 달라지니! 지금 당장 멈추는 게 좋을걸!"

앨리스는 자신에게 충고를 잘하는 편이었다. (잘 따르지는 않았지만) 어떤 때는 아주 매섭게 자신을 혼내기도 해서 눈물이 찔끔 나기도 했다. 한번은 혼자서 크로케 경기를 하다 규칙을 어겨서 자기 뺨을 때리려고 한 적도 있었다.

호기심이 많은 앨리스는 자신이 두 사람인 척하는 놀이도 즐겨했다.

'하지만 지금 두 사람인 것처럼 구는 건 쓸모없는 짓이야. 멀쩡한 한 사람이 되기도 힘들 지경이니까!'

가여운 앨리스는 생각했다.

그런데 이번에는 탁자 아래에 놓인 작은 유리 상자가 눈에 뜨였다. 앨리스는 상자를 열어보았다. 안에는 건포도를 이용해 '나를 먹어요'라고 예쁘게 쓴 아주 작은 케이크가 들어 있었다.

"음…, 이 케이크를 먹어봐야지. 그래서 몸이 커지면 열쇠를 집을 수 있을거야. 만약 작아지면 문 아래로 기어가면 되지. 어찌 되든 정원으로 갈 수 있을 테니 커지든 작아지든 상관없어!"

앨리스는 케이크를 조금 떼어 먹고 초조하게 기다렸다.

"커질까? 작아질까?"

앨리스는 머리 위로 손을 얹어 키가 커지는지 작아지는지 느껴보았다. 하지만 여전히 키가 똑같다는 사실을 깨닫고 깜짝 놀랐다. 사람이 케이크를 먹는다고 키가 변하는 경우는 거의 없지만, 지금까지 신기한 일이 잔뜩 일어나다 보니 이제는 평범한 일상이 꽤나 지루하고 시시하게 느껴졌다.

그래서 앨리스는 본격적으로 케이크를 먹기 시작해 이내 깨끗이 먹어 치웠다.

```
*     *     *     *     *     *     *
   *     *     *     *     *     *
*     *     *     *     *     *     *
```

02
눈물 웅덩이

"신기하다! 신기해"

앨리스가 소리 질렀다. (순간 너무 놀라서 말도 제대로 안 나왔다.)

"세상에서 제일 기다란 망원경처럼 몸이 쭉쭉 늘어나잖아! 내 발들아, 잘 있어!"

(위에서 내려다보니 발은 점점 더 멀어져 거의 보이지도 않았다.)

"아, 조그맣고 불쌍한 내 두 발, 이제 양말과 신발은 누가 신겨주지? 나는 도저히 못 할 거 같은데. 이렇게 멀어졌으니 정말 어떡하나. 발들아, 너희 나름대로 최선을 다해야 해. 그래, 발한테 잘해줘야겠다."

생각해보니 그랬다.

'내가 가고 싶은 데로 발이 안 갈 수도 있잖아! 어디 보자. 크리스마스 때마다 새 부츠를 사서 신겨줘야지.'

앨리스는 부츠를 어떻게 선물할지 고민해보았다.

"우편으로 배달시켜야겠네. 얼마나 웃길까. 내가 내 발한테 보내는 선물이라니! 주소도 너무 이상하잖아!"

앨리스의 오른쪽 발에게

벽난로 펜스 앞

양탄자 위

— 앨리스가 사랑을 담아

"세상에, 내가 지금 무슨 말을 하는 거야!"

그때 머리가 방 천장에 '콩' 하고 부딪쳤다.

이제 키는 2미터 70센티미터보다 더 커졌다. 앨리스는 곧바로 작은 황금 열쇠를 들고 정원 문을 향해 뛰었다.

하지만 가여운 앨리스! 아무리 애를 써도 옆으로 누워 곁눈으로 정원을 볼 수만 있을 뿐 도저히 문을 통과할 수는 없었다. 앨리스는 주저앉아 또 울기 시작했다.

"창피한 줄 알아야지. 너처럼 다 큰 애가 (이런 말을 할 법도 하지.) 이렇게 계속 울기만 하다니! 그만둬. 지금 당장!"

하지만 앨리스는 눈물을 멈추기는커녕 콸콸 쏟아냈다. 어찌나 눈물을 많이 흘렸는지 10센티미터 깊이 정도의 큰 물웅덩이가 생기더니 점점 차올라서 방의 절반 높이 정도까지 잠겼다.

그때 갑자기 멀리서 희미하게 파닥거리는 소리가 들렸다. 앨리스는 서둘러 눈물을 닦고 누가 다가오는지 쳐다보았다. 토끼가 한 손에는 흰 염소 가죽 장갑을, 다른 손에는 커다란 부채를 들고 옷을 멋지게 차려입고 돌아온 것이었다. 토끼는 무슨 일이 그리 급한지 허겁지겁 걸으며 투덜거렸다.

"이런! 공작부인, 공작부인을 어쩌나! 이런! 이렇게 기다리게 했으니 얼마나 사납게 굴까!"

절망에 사로잡혀 있던 앨리스는 도움을 청할 상대를 고를 처지가 아니었다. 그래서 토끼가 가까이 다가오자 떨리는 목소리로 조심스럽게 말을 걸었다.

"저기, 혹시 괜찮으시다면…."

토끼는 앨리스의 목소리에 화들짝 놀라더니 흰 장갑과 부채까지 떨어뜨리고는 허둥지둥 어둠 속으로 도망쳐버렸다.

앨리스는 부채와 장갑을 집어 들었다. 복도가 후덥지근했던 터라 부채질을 하며 혼잣말을 이어갔다.

"어쩜! 오늘은 모든 게 이상하네. 어제는 그냥 보통 때랑 똑같았는데. 내가 밤사이 변한 걸까? 어디 보자. 오늘 아침에 일어났을 때 내가 똑같았나? 약간 달랐던 것도 같은데. 하지만 내가 똑같지 않다면 다음 질문은, 그럼 대체 나는 누구지? 세상에, 이게 무슨 말도 안 되는 퀴즈야!"

앨리스는 자기와 나이가 비슷한 아이들을 떠올리기 시작했다. 그 애들 중 하나로 변한 건 아닐까.

"아이다가 아닌 건 분명해. 그 애는 머리카락이 꼬불꼬불한데 내 머리카락은 전혀 그렇지 않으니까. 메이블도 아닌데. 나는 아는 게 참 많지만 메이블은 아는 게 별로 없잖아. 걔는 걔고 나는 나잖아! 맙소사. 머리가 너무 복잡해! 내가 잘 아는 걸 한번 생각해보자. 그러니까 4 곱하기 5는 12이고, 4 곱하기 6은 13이지. 그리고 4 곱하기 7은 아휴! 이 속도로는 20까지 가지도 못하겠다. 어쨌든 구구단은 중요하지 않으니까. 지리를 한번 기억해봐야지. 런던은 파리의 수도고, 파리는 로마의 수도고, 로마는, 아닌데. 다 틀렸어! 내가 진짜 메이블이 됐나봐! 그렇다면「꼬마 악어」를 외워봐야겠다.”

앨리스는 수업 시간에 하던 것처럼 무릎에 손을 포개고 시를 외우기 시작했다. 하지만 어쩐지 목소리가 이상하게 거칠었고 틀린 단어가 불쑥 튀어나오기도 했다.

꼬마 악어의 꼬리가

어쩌면 저리 빛나나.

황금빛 비늘마다

나일강의 물을 쏟아 부었구나!

꼬마 악어가 미소 짓네.

발톱을 가지런히 펼치며

부드럽게 입을 벌리고

작은 물고기를 맞아들이네!

가여운 앨리스가 말했다.

"완전히 틀린 것이 확실해!"

앨리스 눈에 눈물이 그렁그렁 맺히기 시작했다.

"내가 정말 메이블이 됐구나. 그러면 그 좁은 집에 가서 살아야 하잖아. 갖고 놀 장난감도 없는데. 맞다! 수업도 엄청 많이 들어야 할 거 아냐! 아니야, 이렇게 해야겠다. 내가 메이블로 변한 거라면 그냥 여기에서 살래! 누가 고개를 들이밀고 '애야, 이제 올라와라!' 그래도 나는 '제가 누군데요? 먼저 대답해주세요. 대답이 마음에 들면 올라가고, 아니면 다른 사람이 될 때까지 여기에 있을래요.' 하지만… 어흑!"

앨리스는 와락 울음을 터뜨렸다.

"제발 누구든 고개를 내밀어주면 좋겠다! 나 혼자 여기 있는 건 정말 너무 싫어!"

앨리스는 이렇게 말하곤 무심코 손을 내려다보다가 흠칫 놀랐다. 한쪽 손에 시계 토끼의 장갑을 내내 끼고 있었던 게 아닌가.

"이게 어떻게 손에 맞지? 분명 내가 다시 작아진 거야."

앨리스는 벌떡 일어나 탁자로 가서 키를 가늠해보았다. 생각했던 대로 몸이 줄어들어 60센티미터 정도였고 점점 빠른

속도로 줄어들고 있었다. 앨리스는 이렇게 작아지는 이유가 들고 있던 부채 때문인 걸 알아채고 몸이 사라지기 전에 부채를 얼른 내던졌다.

"간신히 멈췄네!"

앨리스는 안도의 한숨을 내쉬었다. 갑자기 몸이 변해서 무서웠지만 그래도 무사해서 정말 다행이었다.

"이제 정원으로 갈 수 있겠다!"

앨리스는 작은 정원 문을 향해 힘껏 달렸다. 하지만 이를 어쩌나! 작은 문은 다시 잠겨 있었고 작은 황금 열쇠는 유리 탁자 위에 그대로 놓여 있었다.

"이렇게 일이 안 풀릴 수 있을까."

기운이 탁 빠지는 기분이었다.

"내 몸이 이렇게 작았던 적은 한번도 없었잖아. 한번도! 몸이 작아지니까 정말 싫어!"

순간 신세를 한탄하던 앨리스의 발이 미끄러졌고 이내 풍덩 하고 턱까지 차는 소금물 웅덩이에 빠지고 말았다. 어찌된 일인지 몰라도 '바다로 떨어졌다'는 생각이 가장 먼저 떠올랐다.

"그렇다면 기차를 타고 돌아가면 되겠네."

앨리스는 그렇게 중얼거렸다. (앨리스는 지금까지 바닷가에 딱 한 번 가봤다. 이동식 탈의실이 여러 개 있고, 아이들은 나무 삽으로 모래놀이를 하고, 숙박시설이 늘어서 있으며, 뒤편에는 기차역이 있었다. 그래서 앨리스는 영국의 어느 해변에 가든지 다 그렇다고 믿고 있었다.) 하지만 곧 이 웅덩이가 조금 전 자신의 키가 3미터 정도 되었을 때 흘렸던 눈물이 고인 웅덩이라는 걸 깨달았다.

"그렇게 많이 울지 말걸!"

앨리스는 헤엄치며 땅으로 나가는 길을 찾아보려고 했다.

"내가 흘린 눈물에 빠지는 벌을 받다니! 정말 이상한 일이야! 하지만 오늘은 모든 게 이상한 날이니까."

바로 그때 조금 떨어진 곳에서 '첨벙' 하는 소리가 들려왔다. 앨리스는 무슨 소리인지 알아보려고 그쪽으로 헤엄쳐 갔다. 처음에는 바다코끼리나 하마일 거라고 확신했지만, 다음 순간 자신이 지금 얼마나 작아졌는지 기억하고는, 그 동물이 그저 자신처럼 눈물 웅덩이에 빠진 작은 생쥐일 뿐이라는 걸 알아차렸다.

앨리스는 생각했다.

'이 생쥐에게 말을 걸어봤자 얻는 게 있을까? 여기는 전부

다 이상하니까 쥐도 말을 할 줄 안다고 생각하는 게 맞겠지. 어쨌든 시도해봐서 나쁠 건 없잖아.'

그래서 앨리스는 생쥐에게 말을 걸기 시작했다.

"오, 생쥐야. 이 웅덩이에서 나가는 법을 알고 있니? 여기서 수영하는 게 너무 힘들어. 오, 생쥐야!"

(앨리스는 쥐와 대화하려면 이런 식으로 말해야 한다고 생각했다. 쥐와 얘기해본 경험은 없지만 오빠의 라틴어 문법책에서 '쥐, 쥐의, 쥐에게, 쥐를, 오, 쥐야!'라고 하는 걸 읽은 기억이 났기 때문이었다.)

생쥐는 앨리스를 호기심 어린 눈으로 쳐다보고 작은 눈으로 윙크하는 듯했지만 대답은 하지 않았다.

앨리스는 이렇게 짐작했다.

'영어를 못하나봐. 그렇다면 정복자 윌리엄과 함께 프랑스에서 온 쥐일 거야.' (앨리스는 아는 역사 지식을 다 동원해도, 그렇게 오래전에 무슨 일이 일어났는지 생각나는 게 하나도 없었다.) 그래서 이런 질문을 던져보았다.

"위 에 마 샤트°?"

프랑스어 시간에 책에서 제일 처음 배웠던 문장이었다. 그런데 쥐가 갑자기 물에서 펄쩍 뛰어오르더니 무서워하며 벌벌 떨었다. 앨리스는 자신이 자그마한 동물을 겁먹게 한 것 같아 허겁지겁 사과했다.

"아, 정말 미안해! 쥐가 고양이를 안 좋아한다는 걸 까맣게 잊었어."

쥐가 찢어질 듯 날카롭게 울부짖었다.

"고양이 싫어! 네가 나라면 고양이를 좋아하겠니?"

앨리스가 생쥐를 달랬다.

"아마도 좋아하지 않겠지. 화내지 말아. 그래도 너에게 내 고양이 다이나를 보여줄 수 있으면 참 좋을 텐데. 다이나를 본다면 분명히 너도 고양이를 좋아하게 될 거야. 정말 착한 고양이거든."

앨리스는 웅덩이에서 느긋하게 수영하며 혼잣말하듯 중얼 거렸다.

"그리고 다이나는 난로 옆에서 얼마나 근사하게 가르랑거 리면서 발을 핥고, 얼굴을 씻는지 몰라. 안으면 얼마나 부드 러운지……. 그리고 쥐를 잡는 데도 선수야. 어머, 정말 미안 해!"

• Ou est ma chatte, 프랑스어로 '내 고양이는 어디에 있지?'라는 뜻

이번에는 생쥐가 온몸의 털을 쭈뼛 곤두세운 모양이 머리 끝까지 화가 난 게 분명해 보였다. 앨리스가 얼른 말했다.

"네가 원하지 않으면 우리 이제 고양이 얘기는 하지 말자."

생쥐는 꼬리 끝까지 벌벌 떨며 소리 질렀다.

"하, 우리라니! 마치 그 얘기를 내가 꺼낸 것처럼 말하는구나! 우리 가족은 늘 고양이를 좋아한 적이 없어. 심술궂고 저급한 데다 지저분하기까지! 고양이라는 말을 두 번 다시 듣고 싶지 않아!"

"다시는 안 할게. 너는 그러면, 너는 개를 좋아하니?"

앨리스가 황급히 대화의 주제를 바꿨다. 생쥐는 묵묵부답 이었지만 앨리스는 열심히 설명하기 시작했다.

"우리 집 근처에 똘똘하고 귀여운 강아지가 있는데. 너한 테 보여주고 싶다! 눈이 또랑또랑한 테리어 종인데 털이 길 고 꼬불꼬불하고 갈색이야! 그리고 던지기 놀이하면 잘 물어 오고, 식사 시간에는 똑바로 앉아서 음식을 달라고 졸라. 다른 것도 할 줄 아는 게 많은데 지금은 절반도 생각이 안 나네. 주인은 농부 아저씨인데 강아지가 너무 똑똑하다며 100파운드의 가치가 있데! 게다가 쥐 같은 것도 다 잡는다고…… 오, 이런!"

앨리스가 미안한 마음에 황급히 외쳤다.

"내가 또 기분을 상하게 했구나!"

쥐는 앨리스에게서 멀리 떨어지려고 있는 힘을 다해 헤엄을 쳐서 한바탕 소란스럽게 했다.

그래서 앨리스는 생쥐를 부드럽게 불렀다.

"생쥐야! 다시 이리 와봐. 네가 좋아하지 않으면 우리는 고양이, 강아지 얘기는 다시는 하지 않을 거야!"

생쥐는 이 말을 듣고 몸을 돌려 천천히 앨리스 쪽으로 수영해 왔다. 쥐는 얼굴이 꽤 창백했고 (앨리스는 생쥐가 화가 났기 때문이라고 생각했다.) 목소리는 덜덜 떨렸다.

"땅으로 가자. 내 이야기를 들려줄게. 그러면 내가 왜 고양이랑 개를 싫어하게 됐는지 알게 될 거야."

이제 눈물 웅덩이는 미끄러져 빠진 새와 동물들로 너무 복잡했기 때문에 마른 땅으로 나가야만 하는 상황이었다. 주변은 오리와 도도새*, 앵무새, 새끼 독수리까지 신기한 동물들로 와글와글했다. 앨리스가 길을 안내하자 동물들은 일제히 땅을 향해 헤엄쳤다.

---

* 인도양의 모리셔스에 서식했던 날지 못하는 새, 지금은 멸종되었다.

03
코커스 달리기와 긴 이야기

눈물 웅덩이 기슭에 모인 동물들의 모습은 신기하기 그지없었다. 축축한 깃털을 질질 끄는 새, 젖은 털이 몸에 쫙 달라붙은 동물까지 모두 흠뻑 젖어서 불편하고 기분이 나쁜 듯했다.

가장 먼저 해결할 일은 몸을 어떻게 말리는가 하는 것이었다. 앨리스는 동물들과 어떻게 할지를 이야기하다가 얼마 되지 않아 이 동물들을 오랫동안 알아온 것처럼 꽤 자연스럽게 얘기하고 있다는 걸 깨달았다. 사실 앨리스는 앵무새와 한참 얘기했는데, 앵무새는 결국 토라져서 부리를 비죽 내밀었다.

"내가 너보다 나이가 더 많으니까 아는 게 더 많다고."

앨리스는 앵무새의 나이를 알기 전에는 이 말에 동의할 수 없었지만 앵무새가 끝끝내 나이 밝히는 것을 꺼리자 더는 할 말이 없어졌다.

결국 그들 사이에서 권위가 있는 생쥐가 나섰다.

"모두 앉아서 내 말 좀 들어봐! 내가 금방 몸을 말릴 수 있는 방법을 알려줄게!"

즉시 모든 동물들과 앨리스는 생쥐를 가운데 두고 커다란 원 모양으로 앉았다. 앨리스는 생쥐를 초조하게 쳐다봤다. 빨리 몸을 말리지 않으면 지독한 감기에 걸릴 것 같았기 때문이었다.

"으흠!"

생쥐가 힘주어 기침했다.

"모두 준비됐니? 이게 내가 아는 이야기 중 가장 지루한* 이야기야. 모두 조용히 해줘! '교황의 총애를 받던 정복자 윌리엄은 지도자를 원했던 영국인의 항복을 금세 얻어냈고, 왕위 찬탈과 정복에 익숙해졌지. 에드윈과 모르카, 즉 머시아의 백작과 노섬브리아의 백작이던…….'"

"아휴!"

앵무새가 몸을 부스스 떨었다.

생쥐는 얼굴을 찡그리면서도 예의를 차려 말했다.

"뭐라고? 네가 뭐라고 말했니?"

"나 아니야!"

앵무새가 얼른 대답했다.

생쥐가 말했다.

"네가 뭐라고 한 거 같은데. 어쨌든 계속할게. '에드윈과 모르카, 즉 메르시아와 노섬브리아의 백작이었던 그들은 윌리엄을 지지한다고 표명했어. 심지어 캔터베리의 애국자였던 대주교 스티건드까지 그게 바람직하다고 판단했고….'"

"뭘 판단했어?"

오리가 물었다.

생쥐는 약간 짜증스럽게 답했다.

"그걸 판단했다고. 물론 '그게' 뭔지는 알겠지."

오리가 말했다.

"내가 '그걸' 판단할 때는 물론 잘 알지. 나한테 그건 대개 개구리나 지렁이니까. 그러니까 대주교는 뭘 판단했냐고?"

생쥐는 이 질문은 듣지도 않고 서둘러 말을 이어갔다.

"… '에드가 에슬링과 함께 가서 윌리엄을 만나고, 그에게 왕위를 제안하는 게 바람직하겠다고 판단했어. 윌리엄은 처음에는 온건히 나라를 다스렸어. 하지만 노르망디 사람들의 오만함이란….' 얘들아, 이제 몸이 좀 어떤 거 같니?"

생쥐가 앨리스를 돌아보며 물었다.

앨리스는 울적했다.

"여전히 젖어 있어. 얘기를 들어도 전혀 건조*해지지 않았는걸."

도도새가 일어나 엄숙한 목소리로 말했다.

"그렇다면 회의를 이쯤에서 휴회하고 좀 더 효과적인 개선책을 즉각 채택하기로……."

새끼 독수리가 끼어들었다.

"쉬운 말로 해! 그런 긴 말은 반도 못 알아듣겠어. 게다가 너에게는 믿음이 안 가!"

그러고는 웃음을 감추느라 고개를 숙였다. 다른 새들도 다 들리게 킥킥댔다.

도도새가 못마땅하다는 듯 말했다.

• dry라는 단어의 의미가 건조한, 지루한 두 가지라는 점을 이용한 말장난이다.

"내가 하려는 말은 몸을 말리는 데 제일 좋은 방법은 코커스 달리기라는 거야."

앨리스는 별로 궁금하지 않았지만 어쩔 수 없이 물어보았다. 사실 아무도 입을 열 분위기가 아니었는데 도도새가 마치 누구라도 좋으니 질문하라는 듯 말을 멈췄기 때문이다.

"코커스 달리기가 뭔데?"

도도새가 대답했다.

"이런. 코커스 경기를 설명하려면 직접 해보는 게 가장 좋은 방법이야."

(여러분도 겨울에 직접 해보고 싶을 수도 있으니 도도새가 어떻게 했는지 알려주겠다.) 먼저 동그랗게 경주 코스를 표시하고 (도도새는 "정확히 그리지 않아도 돼"라고 말했다.) 모든 동물을 코스 여기저기에 세웠다. "하나, 둘, 셋, 출발!" 하는 신호도 없이 동물들은 아무 때나 뛰고 싶을 때 달리기 시작했고, 그만 뛰고 싶을 때 멈췄기 때문에 경기가 언제 끝날지 짐작하기가 힘들었다. 하지만 30분 정도 뛰고 나자 몸은 상당히 말라 있었다. 이때 도도새가 갑자기 외쳤다.

"경기 끝!"

그래서 동물들은 도도새 주변으로 모여들어 헉헉대며 물

"모두가 이긴 거야.
그러니까 모두들 상을 받아야 해."

었다.

"그래서 누가 이겼어?"

도도새는 아무리 머리를 굴려봐도 이 질문에 어떻게 대답할지 몰라 한참이나 손가락 하나를 이마에 대고 있었고 (셰익스피어 초상화에 흔히 등장하는 자세이다.) 나머지 동물들은 조용히 기다렸다. 마침내 도도새가 입을 열었다.

"모두가 이긴 거야. 그러니까 모두들 상을 받아야 해."

"그러면 누가 상을 줘?"

동물들이 한목소리로 물었다.

"뭐, 그건 물론 저 애지."

도도새가 손가락으로 앨리스를 가리켰다. 그러자 모든 동물이 곧장 앨리스를 둘러싸고 왁자지껄 외쳤다.

"상을 줘, 상을 줘!"

앨리스는 어찌해야 할지 몰라 당황해서 주머니에 손을 넣었다. 마침 주머니에 호두 사탕 한 봉지가 있어서 꺼내 들고는 (다행히도 소금물이 사탕 봉지에 들어가진 않았다.) 모두에게 상으로 나눠주었다. 사탕은 딱 맞게 동물들에게 하나씩 돌아갔다.

"하지만 얘도 상을 하나 받아야 하잖아."

생쥐가 말했다.

도도새가 근엄하게 대답했다.

"물론이지. 주머니에 또 뭐가 있니?"

앨리스를 쳐다보며 물었다.

"골무 한 개밖에 없는데."

앨리스가 시무룩하게 말했다.

도도새가 말했다.

"나에게 주렴."

그러고는 도도새가 엄숙하게 골무를 건네자 모든 동물이 다시 앨리스 주변을 빙 둘러쌌다.

"우리는 당신이 이 기품 있는 골무를 받아주길 간절히 청하는 바입니다."

도도새의 짧은 연설이 끝나자 동물들은 동시에 환호성을 질렀다.

앨리스는 모든 게 너무 우스꽝스러워 보였지만 다들 너무 진지한 표정을 짓고 있어서 감히 웃을 수가 없었다. 딱히 할 말도 떠오르지 않아 그냥 허리를 숙이고 최대한 진지한 태도로 골무를 받아들었다.

다음은 호두 사탕을 먹을 차례였다. 다들 사탕을 먹느라

한바탕 소란이 일었는데 몸집이 큰 새들은 안 먹은 것 같다고 불평했고, 작은 새들은 사탕이 목에 걸려 등을 두드려주어야 했기 때문이다. 하지만 결국 다들 사탕을 먹었고 동그랗게 앉아 생쥐에게 이야기를 더 해달라고 부탁했다.

앨리스가 말했다.

"네 이야기를 해주기로 약속했잖아."

그리고 생쥐가 기분 나빠할까봐 속삭이듯 작게 덧붙였다.

"그리고 왜 '고'로 시작하는 동물과 '강'으로 시작하는 동물을 싫어하게 됐는지도 말이야."

생쥐가 앨리스를 돌아보고 탄식했다.

"내 이야기*는 슬프고도 길단다."

"아무렴, 네 꼬리*는 길지."

앨리스는 생쥐의 꼬리를 내려다보며 놀라워했다.

"하지만 왜 꼬리가 슬프다고 하는 거야?"

그러면서 생쥐가 말하는 내내 왜 그럴까 어리둥절했다. 그래서 앨리스에게 생쥐의 이야기는 이런 식으로 들렸다.

• 생쥐는 이야기tale라고 말했지만 앨리스는 생쥐가 꼬리tail를 말했다고 생각했다. 두 단어의 발음이 똑같은 걸 이용한 말장난이다.

퓨어리가
생쥐에게 말했네.
둘은 집에서
만났지.
"우리 둘 모두
법정으로
가자. 나는
너를
고소할 거야.
자, 거절은 받아들이지
않을 테야.
우리는 반드시
재판을
받아야 해.
오늘 아침 나는
할 일도
하나도
없어.
생쥐가
똥개에게
말했네. "그런
재판이라니요.
존경하는 선생님.
배심원도 없고
판사도 없는데.
말해봐야
입만
아파요."
"내가 배심원을
할 거야."
교활하고 늙은
퓨어리가
말했다네.
"내가
근거라는 근거는
다 동원할
거야.
그래서
사형 선고를
받게
할
거야."

"너 안 듣고 있구나! 무슨 생각을 하는 거야?"

생쥐가 앨리스에게 진지하게 물었다.

앨리스가 예의 바르게 대답했다.

"미안해. 다섯 번 꼬아야 했구나. 그렇지?"

"아니야*!"

생쥐는 무척 화가 나서 날카롭게 소리 질렀다.

늘 남을 돕길 좋아하는 앨리스는 생쥐 주변을 걱정스럽게 살폈다.

"매듭*이 꼬였다고? 저런, 내가 꼬인 걸 풀어줄게!"

"난 그런 문제가 없다니까. 그런 상관도 없는 이야기를 꺼내다니 정말 모욕적이야!"

생쥐는 벌떡 일어나더니 걸어가버렸다.

가여운 앨리스는 항변했다.

"그런 뜻이 아니었어! 하지만 너는 너무 쉽게 화를 내!"

생쥐는 대답도 없이 으르렁거릴 뿐이었다.

"제발 돌아와서 이야기를 마저 해줘!"

• 생쥐는 아니야not라고 말했지만 앨리스는 생쥐가 매듭knot을 말했다고 생각했다. 두 단어의 발음이 같은 걸 이용한 말장난이다.

앨리스가 생쥐를 불렀다. 다른 동물도 입을 모아 외쳤다.

"그래, 얼른 와!"

하지만 생쥐는 어이가 없다는 듯 머리를 세차게 흔들더니 발걸음을 재촉했다.

"생쥐가 가버려서 정말 안타깝네!"

생쥐가 완전히 시야에서 사라지자마자 앵무새가 한숨을 내쉬었다. 어미 게는 이 기회를 이용해 딸 게에게 이렇게 말했다.

"오, 애야! 너는 절대 성질을 부리면 안 된다는 걸 배웠길 바란다!"

아기 게가 퉁명스럽게 대답했다.

"엄마, 가만히 있어요! 엄마도 굴*처럼 입을 꽉 다물고 계세요!"

앨리스가 크게 외쳤다.

"다이나가 여기 있었으면…. 정말 그랬으면 좋겠다. 다이나가 금방 생쥐를 잡아 올 텐데!"

딱히 어느 동물을 보고 한 말은 아니었다.

• 입이 무거운 사람을 굴에 비유하기도 한다.

앵무새가 물었다.

"주제넘은 질문일지도 모르지만, 다이나가 대체 누구니?"

애완 고양이 이야기라면 언제나 대환영인 앨리스는 신이 나서 대답했다.

"다이나는 우리 가족이 키우는 고양이야. 쥐도 얼마나 잘 잡는지 진짜 최고야. 참, 다이나가 새를 어떻게 쫓는지 직접 봐야 하는데! 작은 새는 보자마자 잡아먹어!"

앨리스의 말을 들은 동물들은 한바탕 술렁였다. 몇몇 새는 곧장 날아가버렸고, 늙은 까치는 날개로 아주 조심스럽게 몸을 감싸며 말했다.

"이제 정말 집에 가야겠어. 밤공기는 내 목에 안 좋거든!"

카나리아는 새끼들에게 떨리는 목소리로 외쳤다.

"아가들아, 어서 가자! 벌써 잘 시간이야!"

모두 그럴듯한 핑계를 대며 떠나갔고 이내 앨리스만 덩그러니 남겨졌다.

앨리스는 우울해졌다.

"다이나 얘기를 하지 말걸! 여기서는 아무도 다이나를 좋아하지 않는 거 같아. 다이나는 세상에서 제일 좋은 고양이인데. 내 사랑스러운 다이나야, 너를 다시 볼 수 있을까!"

너무 외로워진 앨리스는 속상해서 다시 울기 시작했다. 하지만 잠시 후, 멀리서 통통거리는 소리가 희미하게 들려 왔다. 앨리스는 벌떡 일어나 생쥐가 마음을 바꾸고 돌아와 이야기를 마저 해주려는 게 아닐까 생각했다.

04
토끼가 작은 빌을 들여보내다

그건 시계 토끼였다. 토끼는 종종걸음으로 앨리스가 있는 쪽으로 오면서 뭔가를 찾는 듯 초조하게 주변을 두리번거렸다. 앨리스는 토끼의 중얼거리는 소리를 들을 수 있었다.

"공작부인! 공작부인! 아이고, 내 발이야, 털이야, 수염이야! 흰 담비가 나를 잡아먹듯 공작부인이 날 처형할 게 뻔한데! 도대체 그걸 어디에 떨어뜨렸을까?"

앨리스는 곧 토끼가 부채와 흰 염소 가죽 장갑을 찾고 있다는 걸 알아차렸다. 마음씨 고운 앨리스도 주변을 찾아보기 시작했지만 어디에도 보이지 않았다. 앨리스가 눈물 웅덩이에서 헤엄친 이후 모든 게 변한 것 같았다. 커다란 방과 유리 탁자 그리고 작은 문도 모두 사라지고 없었다.

토끼는 이내 이리저리 돌아다니던 앨리스를 발견하고는 성난 목소리로 이렇게 외쳤다.

"메리 앤, 여기서 도대체 뭐 하는 거니? 얼른 집으로 뛰어가서 장갑하고 부채를 가져와라! 지금 당장!"

잔뜩 겁을 먹은 앨리스는 사람을 잘못 본 거라고 설명도 하지 못한 채 토끼가 가리키는 방향으로 곧장 뛰었다.

"토끼가 나를 자기 하녀로 알았어. 내가 누군지 알면 얼마나 놀랄까! 하지만 부채랑 장갑을 가져다주는 게 좋겠지. 내가 찾을 수 있다면 말이야."

앨리스가 이렇게 중얼거리며 뛰고 있었는데 깔끔하고 아담한 집이 눈앞에 나타났다. 문에는 '토끼'라고 새겨진 황동으로 만들어진 문패가 반짝였다. 앨리스는 노크도 하지 않고 들어가 계단을 허겁지겁 올라갔다. 부채와 장갑을 찾기도 전에 진짜 메리 앤을 마주치면 집에서 쫓겨날 수도 있다는 생각에 심장이 두근두근 뛰었다.

앨리스는 혼잣말로 중얼거렸다.

"정말 이상한 일이지. 내가 토끼가 시킨 심부름을 하고 있다니 말이야! 다음에는 다이나가 심부름을 시키겠는걸!"

그러면 어떻게 될까 상상해보았다.

"앨리스! 얼른 이리 와서 산책할 나갈 준비를 해!"

"유모, 조금 후에 갈 거예요! 하지만 다이나 님이 올 때까지 이 쥐구멍을 지켜봐야 해요. 쥐가 빠져나가지 않게요."

앨리스는 계속하여 상상해보았다.

"하긴 그렇게 되진 않을 거야. 다이나가 사람들한테 그렇게 명령하기 시작하면 집에서 쫓겨날 테니까."

이윽고 앨리스는 창문이 나 있고 탁자가 놓여 있는 작은 방으로 들어섰다. 탁자 위에는 (앨리스가 바라던 대로) 부채 한 개와 흰 장갑이 두세 켤레 놓여 있었다. 앨리스가 부채와 장갑을 집어 들고 방을 막 나서려는데, 거울 근처에 있는 작은 병에 눈길이 갔다. 이번에는 병에 '나를 마셔요' 같은 꼬리표는 달려 있지 않았지만 그럼에도 불구하고 앨리스는 뚜껑을 열고 입에 대보았다.

"분명 재밌는 일이 일어날 거야. 무언가를 먹거나 마실 때마다 그랬잖아. 그러니 이걸 마시면 어떻게 되나 두고 봐야지. 다시 커졌으면 좋겠는데. 사실 이렇게 작아진 채로 있는 게 정말 지겨웠어!"

병은 진짜로 효과가 있었고 앨리스가 예상했던 것보다 훨씬 빨리 커지기 시작했다. 반도 마시지 않았는데 앨리스는 자신의 머리가 천장을 밀어내고 있는 걸 깨닫고 목이 부러지지 않도록 몸을 구부려야 했다. 그래서 얼른 병을 내려놓고 이렇게 중얼거렸다.

"이 정도면 충분해. 더 이상 커지지 않았으면 좋겠다. 이 상태로는 문밖으로 나갈 수도 없어. 그렇게 많이 마시지 말걸!"

아! 그러기에는 너무 늦었다! 앨리스의 몸은 계속 커져서 바닥에 무릎을 꿇어야 했다. 그리고 곧 무릎을 꿇을 공간도 없어 한쪽 팔꿈치는 문에 버티고 다른 팔은 머리 뒤로 둘러 바닥에 눕는 자세를 취해야 했다.

그래도 몸이 점점 더 커지자 마지막 수단으로 한쪽 팔을 창문 밖으로 내밀고 한쪽 발은 굴뚝으로 치켜세웠다.

"이제 무슨 일어난다 해도 별 뾰족한 수가 없는데. 이제 나는 어떻게 될까?"

다행히도 마법의 작은 병은 효력을 다 한 듯, 앨리스의 몸은 더 커지지 않았다. 하지만 여전히 자세가 매우 불편했고 다시 방을 나갈 수 있을 가능성은 없어 보였으므로 앨리스의 기분은 자연스레 침울해졌다.

가여운 앨리스는 이렇게 생각했다.

'차라리 집에 있을 걸 그랬나봐. 계속 커졌다 작아졌다 하지 않아도 되고, 생쥐랑 토끼한테 이리저리 불려 다니지 않아도 되잖아. 토끼 굴로 내려오는 게 아니었어……. 하지만 생각해보면 좀 신기하잖아. 이런 삶도 있다는 게! 나에게 이런 일이 일어난다는 게 너무 놀라워. 동화책을 읽을 땐 이런 일은 절대 일어날 수 없다고 생각했는데. 지금은 내가 이야기의 한 가운데에 있잖아. 내 이야기가 담긴 책이 있어야 해, 정말로! 그래, 나중에 크면 내가 직접 책을 쓸 거야. 그런데 지금 난 이미 커버렸잖아.'

앨리스는 서글프게 덧붙였다.

"적어도 여기에 더 클 수 있는 공간은 없네."

앨리스는 생각을 이어갔다.

'그러면, 정말 지금보다 나이 들지 않게 될까? 꼬부랑 할머니가 될 일은 없을 테니 그건 다행이다. 하지만 그러면 학교를 계속 다녀야 하잖아! 아휴, 그건 싫어!'

"아, 바보 같은 앨리스!"

앨리스는 혼자서 말을 주고받았다.

"여기서 무슨 수업을 들을 수 있겠어? 너를 위한 공간은 고사하고 책을 놓을 공간도 전혀 없는데!"

앨리스는 계속해서 먼저 한쪽 입장을 얘기하고 다음에는 반대쪽 입장을 얘기하면서 대화를 제법 이어갔다. 하지만 잠시 후, 밖에서 어떤 목소리가 들려왔다. 앨리스는 말을 멈추고 귀를 기울였다.

누군가 외치는 소리가 들렸다.

"메리 앤! 메리 앤! 당장 내 장갑을 가져와!"

그러고는 계단을 통통 오르는 작은 발소리가 났다. 앨리스는 그것이 자신을 찾으러 온 토끼의 발소리인 걸 알아차렸다. 앨리스가 몸을 덜덜 떨자 집 전체가 흔들거렸다. 몸이 토끼보다 1,000배는 커졌으니 무서워할 필요가 없다는 사실을 까맣게 잊고 있었던 거였다.

이내 문 앞에 도착한 토끼는 문을 열려고 했다. 하지만 안으로 밀어서 여는 문은 앨리스가 팔꿈치로 세게 누르고 있으니 꼼짝도 하지 않았다. 앨리스는 토끼가 중얼거리는 소리를 들었다.

"돌아서 창문으로 들어가야겠다."

'그건 안 되지.'

앨리스는 이렇게 생각하고 토끼 목소리가 창문 바로 아래서 들릴 때까지 기다렸다가 갑자기 손을 휙 뻗어 공중에서 와락 움켜쥐었다.

아무것도 잡지 못했지만 작은 비명 소리와 무언가 떨어지는 소리, 유리 깨지는 소리를 들었다. 그래서 앨리스는 토끼가 그저 오이를 키우는 작은 온실 같은 데로 떨어진 거라고 결론지었다.

다음에는 토끼가 화를 내는 소리가 들렸다.

"팻! 팻! 어디 있나?"

그리고 처음 들어보는 목소리가 등장했다.

"저는 물론 여기 있습니다! 사과*를 캐고 있었죠. 주인님!"

토끼가 성질을 부렸다.

"사과를 캐고 있었다고? 이리로 와봐! 나를 일으켜다오!"
(유리가 더 깨지는 소리가 들렸다.)

"팻, 말해봐라. 창문에 있는 게 뭐냐?"

• 팻은 아일랜드 인물로 설정되었다. 당시 아일랜드에서 사과apple는 흔히 감자를 뜻했다.

"아무렴 이건 파알이죠. 주인님!"

(그는 혀를 굴려 '파알' 하고 발음했다.)

"팔이라고? 이 멍청아! 이렇게 큰 팔을 본 적이 있어? 창문에 꽉 찼잖아!"

"그러네요, 주인님. 하지만 아무리 봐도 팔이 맞는데요."

"어쨌든, 팔이든 뭐든 상관없다. 가서 치워버려!"

그러고는 한참 동안 아무 소리도 나지 않았다. 이따금씩 속삭이는 소리만 들려왔다.

"그렇습죠, 주인님. 저도 정말, 정말, 싫어요. 너무 크잖아요!"

"시킨 대로 해, 이 겁쟁이야!"

그 말에 앨리스는 다시 손을 펼친 다음 확 휘둘렀다. 이번에는 두 가지 비명 소리가 어렴풋이 들렸고 유리 부서지는 소리가 또 났다. 앨리스는 중얼거렸다.

"오이 지지대가 꽤 많나 보네! 다음에는 뭘 하려나! 쟤들이 제발 나를 창문 밖으로 꺼내줬으면 좋겠는데! 여기에 조금도 더 있고 싶지 않아!"

한동안 아무 소리도 들리지 않다가 마침내 작은 수레가 굴러가는 소리, 왁자지껄 떠드는 소리가 한꺼번에 들려왔다. 그래도 귀를 기울여보니 조금은 알아들을 수 있었다.

"다른 사다리는 어디 있어?"

"하나밖에 안 가져왔어. 다른 건 빌이 갖고 있어……."

"빌! 여기로 가져와!"

"여기, 이쪽 구석에 세워."

"아니, 먼저 묶어야지."

"높이가 아직 반도 안 닿잖아."

"오! 이제 충분히 되겠다. 까다롭게 굴지 말라고……."

"여기, 빌! 이 밧줄을 잡아."

"지붕이 버텨낼 수 있을까?"

"저기 헐거운 함석판 조심하라고."

"그래, 내려온다! 머리 숙여!"(크게 와장창하는 소리)

"아이고, 누가 그런 거야?"

"아마도 빌이겠지…."

"굴뚝 아래로 누가 내려갈 거야?"

"아니요, 나는 못 해! 네가 해!"

"그럼 나도 안 해!"

"빌이 내려가면 되겠네."

"자, 빌! 주인님이 네가 굴뚝으로 내려가라고 하신다!"

앨리스가 중얼거렸다.

"아, 그럼 빌이 굴뚝을 내려오는 걸까? 그나저나 딱하네. 빌한테 모든 걸 떠넘기는 거 같은데! 나라면 절대로 빌처럼 굴진 않을 거야. 어쨌든 벽난로가 아주 좁긴 하지만 내가 발로 찰 수 있을 거 같은데!"

앨리스는 굴뚝으로 발을 밀어넣고, 최대한 당겨 오므린 채 작은 동물이 (무슨 동물일지 짐작이 안 갔다.) 바로 근처까지 부스럭거리며 내려오는 소리가 들리기를 기다렸다. 그러고는 "빌이 내려왔구나"라고 혼잣말하며 발을 있는 힘껏 뻥 찼다. 앨리스는 무슨 일이 일어날지 귀를 쫑긋 세웠다.

가장 먼저 여럿이 지르는 함성소리가 들려왔다.

"저기 빌이다!"

그다음에는 시계 토끼의 목소리가 들렸다.

"빌을 잡아. 울타리 옆에 있는 너!"

그러고는 한동안 잠잠하더니 잠시 후 웅성거리는 소리가 들려왔다.

"머리를 들어서 받쳐줘."

"브랜디를 줘봐."

"목에 걸리게 않게 조심하라고."

"이봐. 도대체 무슨 일이 일어난 거야? 자세히 말 좀 해봐!"

마침내 낑낑대는 연약한 소리가 들려왔다. (앨리스는 '빌 이구나' 하고 생각했다.)

"그러니까, 저도 잘 모르겠어요. 이제 됐어요. 감사합니다. 이제 좀 나아졌어요. 하지만 너무 당황해서 뭐라 말을 못 하겠네요. 기억나는 거라고는, 용수철 달린 장난감 같은 게 튀어나와 나를 뻥 차서 제가 로켓처럼 날아갔다는 거뿐이에요!"

"그래, 이 친구야. 자네가 그랬어."

다른 이들이 수긍했다.

시계 토끼가 말했다.

"집을 태워버리는 수밖에 없겠군!"

그 말에 앨리스는 목청껏 소리 질렀다.

"그러기만 해봐! 다이나를 풀어 놓을 거야!"

곧바로 찬물을 끼얹은 듯 사방이 고요해졌다.

앨리스는 생각했다.

'이제 어떻게 나올까! 생각을 좀 해보면 지붕을 먼저 치워야 한다는 걸 알 텐데.'

잠시 후 그들은 다시 분주히 움직이기 시작했다. 토끼가 말했다.

"우선은 그 손수레 한 대면 될 거야."

"뭐가 들은 손수레지?"

앨리스가 궁금해할 시간도 없었다. 곧 작은 조약돌 같은 게 창문으로 우르르 쏟아져 들어왔다.

몇 개는 앨리스의 얼굴에도 튀었다.

"그만두게 해야겠다."

앨리스는 이렇게 중얼거린 다음 크게 소리쳤다.

"이런 짓은 그만하는 게 좋을 거야!"

앨리스가 말하자 또다시 쥐죽은 듯 조용해졌다.

그런데 바닥에 떨어진 조약돌이 작은 케이크로 변하는 게 아닌가. 깜짝 놀란 앨리스는 이걸 보고 한 가지 좋은 생각이 떠올랐다.

'이 케이크를 먹으면 몸 크기가 분명히 다시 변할 거야. 더 커지지는 않을 테니, 작아지겠지.'

앨리스는 케이크 한 조각을 꿀꺽 삼켰다. 다행히 앨리스의 몸이 바로 작아지기 시작했다. 앨리스는 문을 통과할 수 있을 정도로 몸이 작아지자마자 집 밖으로 뛰쳐나갔다. 밖에는 작은 동물이며 새들이 잔뜩 모여 기다리고 있었다. 가운데에

는 작은 도마뱀인 불쌍한 빌이 기니피그 두 마리에게 부축을 받고 있었다. 기니피그는 병에 든 무언가를 빌에게 먹이고 있었다. 그러다 앨리스가 등장하자마자 모두가 앨리스를 향해 돌진했다. 하지만 앨리스는 전력을 다해 달아났고 이내 울창한 숲으로 안전하게 도망쳐 숨었다.

앨리스는 숲을 천천히 걸어다니며 말했다.

"가장 먼저 할 일은, 다시 내 몸을 예전 크기로 커지게 하는 거야. 다음으로 할 일은 그 예쁜 정원으로 가는 길을 찾는 거지. 진짜 최고의 계획을 세운 거 같다."

말할 것도 없이 최고로 멋진 계획이었고 깔끔하고 분명하게 세워진 목표인 듯했다. 다만 그걸 어떻게 시작해야 할지 모른다는 한 가지 문제가 있었다.

앨리스는 나무 사이를 초조하게 바라보며 고민에 빠져 있었는데 갑자기 약간 날카롭게 짖는 소리가 머리 위로 들려왔다. 앨리스가 황급히 위를 쳐다보니 다름 아닌 커다란 강아지가 크고 동그란 눈으로 앨리스를 내려다보고 있었다. 강아지는 한쪽 발을 쭉 뻗어 앨리스를 건드리려고 했다. 앨리스가 다정하게 말했다.

"요 작은 강아지!"

앨리스는 휘파람을 불려고 끙끙댔지만 동시에 다정하게 대했음에도 불구하고 강아지가 배가 고파 자신을 삼켜버릴까봐 두려웠다.

앨리스는 어쩔 줄을 몰라 작은 나뭇가지를 집어 들고 강아지에게 내밀었다. 강아지는 곧장 신이 나서 왕왕 짖으며 폴짝 뛰어 막대기로 돌진해 나뭇가지를 물고 당겼다.

그래서 앨리스는 재빨리 거대한 엉겅퀴 뒤로 숨어 강아지가 덮치지 않게 했다. 앨리스가 다른 쪽에서 모습을 드러내면 강아지는 막대기를 향해 또 달려들었고 나뭇가지를 빨리 물려고 뛰다가 데구루루 구르기도 했다.

앨리스는 이 놀이가 마치 커다란 말과 놀아주는 것과 비슷하다고 느꼈다. 그러면서도 매번 강아지 발에 밟힐까 무서워서 엉겅퀴 주변으로 다시 뛰었다. 그러자 강아지는 앞으로 아주 조금 달려갔다가 뒤로 멀리 가면서 나뭇가지를 향해 번뜩 돌진하기 시작했고 그러는 내내 목이 쉬도록 짖어댔다. 마침내 강아지는 지쳤는지 멀리 떨어져 앉아 혀를 죽 내밀고 눈을 반쯤 감은 채로 헥헥거렸다.

도망칠 절호의 기회 같았다. 앨리스는 곧장 내달렸고 숨이 턱에 찰 때까지 달렸다. 이제 강아지가 짖는 소리는 멀리서 희미하게 들려왔다.

"그래도 강아지가 얼마나 귀여웠는지!"

앨리스는 작고 노란 꽃에 기댄 채, 잎으로 부채질을 했다.

"강아지한테 재주를 가르쳐주는 것도 좋았을 텐데. 그러니까, 내 몸이 적당한 크기였다면 말이야! 아, 이런! 다시 몸을 키워야 한다는 걸 잊을 뻔했어! 어디 보자. 어떻게 해야 하나? 뭘 먹거나 마시거나 해야 할 텐데. 그런데 '뭘' 먹지?"

당연히 제일 큰 문제는 '무엇'이 없다는 거였다. 앨리스는 주변을 둘러싸고 있는 꽃과 풀을 둘러봤지만 적당한 먹거리나 마실 거리가 있을 리 없었다. 마침 바로 옆에 앨리스의 키와 비슷한 크기의 버섯이 있었다. 앨리스는 버섯 아래를 살펴본 다음, 양쪽을 보고 뒤를 확인해보았다. 이제 버섯 위에도 뭐가 있는지 한번 봐야겠다고 생각했다.

앨리스는 발끝을 들어 버섯 가장자리를 잡고 위를 슬쩍 건너보았는데, 별안간 커다란 애벌레와 눈이 마주쳤다. 애벌레는 앉아서 팔을 꼰 채 기다란 물담배를 피우고 있었는데, 앨리스는 물론이고 그 무엇에도 신경을 쓰지 않는 듯했다.

05
애벌레의 조언

애벌레와 앨리스는 잠시 멀뚱히 서로 눈만 마주 봤다. 마침내 애벌레가 입에서 물담뱃대를 떼어내고 힘없고 졸린 듯한 목소리로 물었다.

"넌 누구니?"

대화를 시작하는 데 흥미로운 질문은 아니었다. 앨리스는 약간 부끄러워하며 대답했다.

"지금은 저도 잘 모르겠어요. 적어도 오늘 아침에 일어났을 때는 내가 누군지 알았어요. 그런데 그 이후로 몇 번이나 변했거든요."

애벌레가 근엄하게 물었다.

"그게 무슨 말이지? 너 자신을 설명해봐!"

"죄송하지만, 설명을 못 하겠어요. 왜냐면 제가 지금 제 자신이 아니기 때문이에요."

애벌레가 말했다.

"무슨 말인지 모르겠구나."

앨리스가 아주 공손히 대답했다.

"더 정확히 말할 수가 없어요. 우선 저도 제 자신을 이해하지 못하겠거든요. 하루에 몸이 이렇게 여러 번 다른 크기로 변하니까 너무 혼란스러워서요."

"그렇지 않다."

"아직 잘 몰라서 그럴 거예요. 하지만 아저씨도 곧 번데기로 변하고, 나중에는 나비가 될 거잖아요. 그러면 약간 이상하다고 느끼지 않으시겠어요?"

"전혀."

"음, 아저씨의 느낌은 다를 수 있죠. 제가 아는 거라고는, 저는 그게 굉장히 이상하게 느껴진다는 것뿐이에요."

애벌레가 경멸하는 듯 외쳤다.

"너! 넌 누구냐?"

그 질문으로 둘의 대화는 다시 처음으로 돌아갔다. 앨리스는 애벌레가 너무 짧게만 말하니까 약간 짜증이 나서 몸을 똑바로 세우고 아주 진지하게 말했다.

"제 생각에는 아저씨가 누군지 먼저 말해줘야 할 것 같은데요."

"왜지?"

또 대답하기 어려운 질문이었다. 그리고 앨리스는 그럴듯한 이유를 생각해낼 수 없었고 애벌레의 심기도 꽤 불편해 보였기 때문에 그대로 돌아섰다.

그때 애벌레가 앨리스에게 외쳤다.

"돌아오너라! 너에게 중요하게 할 말이 있어!"

이번에는 분명 좋은 대화가 될 거 같았다. 앨리스는 뒤돌아 애벌레에게로 갔다.

"성질을 부리지 마라."

"그게 다예요?"

앨리스는 최대한 화를 누르며 말했다.

"아니다."

앨리스는 어차피 할 일도 없으니 기다리는 편이 낫겠다고 생각했다. 어쩌면 마지막엔 들을 가치가 있는 말을 해줄지도 모르니까.

애벌레는 한동안 말없이 담배만 피우더니 드디어 팔을 펴고 입에서 담뱃대를 뗐다.

"그러니까 너는 네가 변했다고 생각하는구나. 그렇지?"

"네, 아무래도 그렇죠. 전에 알던 것들이 기억이 안 나요. 그리고 몸이 똑같은 크기로 10분도 안 있었다니까요!"

애벌레가 물었다.

"뭐가 기억이 안 난다는 거지?"

앨리스가 우울하게 대답했다.

"음,「분주한 꼬마 꿀벌은 어떻게 하나」를 외워보려고 해도 완전히 다르게 튀어나와요!"

"음, 그럼「아버지 윌리엄, 당신은 늙었습니다」를 외워보아라."

애벌레가 시키는 대로 앨리스는 두 손을 모으고 시를 외우기 시작했다.

아버지 윌리엄, 당신은 늙었습니다. 젊은이가 말했네.

머리도 하얗게 세었어요.

그런데 물구나무를 계속 서다니

아버지 연세에, 괜찮으세요?

내가 젊을 때는 말이다. 아버지 윌리엄이 아들에게 대답했네.

머리를 다칠까봐 두려웠단다.

지금은 머릿속이 빈 게 확실하단다.

그래서 이렇게 하고 또 하게 되는구나.

당신은 늙었습니다. 젊은이가 말했네. 전에도 말했듯이
살도 엄청 많이 찌셨어요.
그런데 공중제비를 돌며 문으로 들어오시다니
왜 그렇게 하시는 건가요?

현명한 이가 희끗희끗한 머리카락을 흔들며 말했네.
내가 젊었을 때 몸을 아주 유연하게 관리했지.
한 통에 일 실링씩 하는 이 연고를 발랐다네.
너도 한두 통 사겠니?

당신은 늙었습니다. 젊은이가 말했네.
턱이 약해졌으니 비계보다 딱딱한 건 씹기 힘드시잖아요.
그런데 거위의 뼈와 부리까지 다 드시다니
어떻게 그게 가능할까요?

내가 젊었을 때는 말이다, 아버지 윌리엄이 말했네.
법학을 좋아해서 네 엄마와 사사건건 논쟁을 벌였지.
그래서 내 턱 근육이 튼튼해져
지금껏 유지하고 있는 거란다.

당신은 늙었습니다. 젊은이가 말했네.

이제 눈도 예전 같지 않으세요.

그런데 뱀장어를 코끝에 놓고 균형을 잡으시다니

어떻게 그렇게 재주가 좋으세요?

질문을 세 개나 받아줬으니 그걸로 충분하다.

아버지 윌리엄이 말했네. 잔소리는 그만해라!

내가 종일 그런 이야기를 참고 들어야 하니?

저리 가라. 안 그러면 계단 밑으로 걷어차 굴려버릴 테다!

"틀리게 외웠다."

애벌레가 말했다.

앨리스가 우물쭈물 대답했다.

"좀 틀렸죠. 단어 몇 개는 완전히 다르게 외웠어요."

"처음부터 끝까지 틀렸어."

애벌레가 단호한 태도로 말하자 둘 사이에 한동안 침묵이
흘렀다. 애벌레가 먼저 입을 열었다.

"얼마만 한 크기가 되고 싶으냐?"

앨리스가 얼른 대답했다.

"크기는 얼마만 하든지 상관없어요. 그냥 너무 자주 바뀌지만 않았으면 좋겠어요. 아시겠죠?"

"모르겠구나."

앨리스는 할 말이 없었다. 살면서 이렇게 심하게 반대에 부딪친 적이 없어서 자꾸 울컥 화가 나려고 했다.

애벌레가 물었다.

"지금 만족스러우냐?"

"글쎄요. 조금만 더 컸으면 좋겠어요. 8센티미터라니, 참 비참한 크기잖아요."

"그건 아주 적당하고 좋은 키다!"

애벌레가 화를 내며 몸을 꼿꼿이 세웠다. (애벌레의 키는 정확히 8센티미터였다.)

앨리스가 애처로운 목소리로 항변했다.

"하지만 저는 이 키에 익숙하지 않단 말이에요!"

그리고 이렇게 생각했다.

'여기 동물들이 너무 쉽게 화를 내지 않았으면 좋겠어!'

"곧 익숙해질 거다."

애벌레가 이렇게 말하고는 물담뱃대를 입에 물고 다시 담배를 피우기 시작했다.

이번에는 앨리스도 애벌레가 다시 입을 열길 차분히 기다렸다. 잠시 후, 애벌레는 입에서 담뱃대를 떼고 한두 번 하품하더니 몸을 부르르 떨었다. 그러고는 버섯에서 내려와 풀밭으로 기어가며 이렇게만 말했다.

"한쪽은 커지게 할 거고, 다른 쪽은 작아지게 할 거다."

앨리스는 생각했다.

'어디의 한쪽? 어디의 다른 쪽을 말하는 거야?'

"버섯 말이다."

애벌레는 앨리스의 속마음을 들은 듯 대답하고는 순간 시야에서 사라졌다.

앨리스는 한동안 버섯을 자세히 살펴봤다. 양쪽이라니, 어느 쪽을 말하는 걸까. 버섯은 완전히 동그란데 어느 쪽을 한쪽이라 할 수 있을까. 마침내 앨리스는 팔을 있는 힘껏 뻗어 버섯을 감싼 다음, 양쪽 손끝이 닿은 곳에서 버섯을 조금 떼어냈다.

"자, 이제 어느 쪽이 어느 쪽일까?"

앨리스는 중얼거렸다. 그리고 오른손에 들고 있던 버섯을 조금 먹어보고 어떻게 되는지 기다려 보았다. 그 순간, 앨리스의 턱이 무언가에 콱 부딪혔다. 턱이 앨리스의 발에 부딪

힌 것이었다!

앨리스는 너무나도 갑작스러운 변화에 화들짝 놀랐지만 너무 빨리 줄어드니 정신을 놓지 말아야겠다고 마음을 다잡았다. 그래서 즉시 다른 쪽 버섯을 조금 먹으려고 했다.

그러나 앨리스의 턱이 발을 너무 꾹 누르고 있어 입을 벌리기조차 힘들었다. 앨리스는 겨우겨우 턱을 벌렸고 왼쪽 손에 있던 버섯 조각을 간신히 꿀꺽 삼켰다.

＊　　＊　　＊　　＊　　＊　　＊　　＊
　＊　　＊　　＊　　＊　　＊　　＊
＊　　＊　　＊　　＊　　＊　　＊　　＊

"자, 이제 머리를 마음대로 움직일 수 있어!"

앨리스는 기쁨의 환성을 질렀다. 하지만 곧 비명으로 바뀌었다. 어깨가 없어졌다는 걸 깨달은 것이다. 아무리 내려다봐도 엄청나게 기다란 목만 보일 뿐이었다. 앨리스의 목은 발 아래 펼쳐진 초록 잎 물결에서 가지 한 대가 삐죽 솟아 있는 것처럼 보였다.

"저 초록색은 다 뭐지? 그리고 내 어깨는 어디 간 거야? 오,
내 가여운 두 손, 왜 네가 보이지 않는 거니?"

앨리스는 이렇게 말하면서 손을 움직여보았지만 아무런
일도 일어나지 않았고 멀찍이 떨어진 풀잎만 약간 흔들릴 뿐
이었다.

앨리스는 손을 도저히 머리 쪽으로 가져갈 수 없으니, 머
리를 손 쪽으로 숙여보기로 했다. 다행히 목은 마치 뱀처럼
어느 쪽으로든 쉽게 움직일 수 있었다. 앨리스는 우아하게
지그재그를 그리며 풀잎 사이로 목을 집어넣었다. 하지만 그
건 아까 돌아다녔던 숲속 나무들의 꼭대기였다.

그때 날카로운 쉬익 소리가 나서 얼른 목을 들어보았다.
커다란 비둘기가 난데없이 앨리스의 얼굴로 날아들더니 날
개로 마구 쳐댔다.

"뱀이야!"

비둘기가 비명을 질렀다.

앨리스가 분하다는 듯 소리쳤다.

"나는 뱀이 아니야! 건드리지 마!"

"뱀, 뱀이 맞아!"

비둘기가 다시 외치긴 했지만 아까보다는 좀 누그러진 목소리였고 훌쩍이면서 덧붙여 말했다.

"난 할 수 있는 건 다 했어. 하지만 어떻게 해도 뱀을 피할 수 없었어!"

"네가 도대체 무슨 말을 하는지 하나도 모르겠어."

앨리스가 말했다.

비둘기는 앨리스 말을 듣지도 않고 말을 이어갔다.

"나무뿌리에도 시도해봤고, 강둑에도, 울타리에도 시도해봤다고. 하지만 이놈의 뱀들! 걔들 비위를 맞출 수가 없어!"

앨리스는 점점 더 어리둥절했지만 비둘기가 자기 할 말을 다 할 때까지는 어떤 말을 해도 아무 소용이 없을 것 같았다.

"알을 품는 일도 너무 힘든데. 밤이고 낮이고 뱀 때문에 망을 봐야 한다고! 3주 동안 한숨도 못 잤어!"

"그렇게 괴로웠다니 참 안됐구나."

앨리스는 그제야 이해가 되기 시작했다.

비둘기는 점점 목소리를 높이더니 거의 비명을 지르다시피 했다.

"그리고 드디어 숲에서 가장 높은 나무를 차지해서, 이제 뱀을 안 볼 거라고 생각했는데 하늘에서 구불구불 내려오다

니! 아, 이놈의 뱀!"

"하지만 나는 뱀이 아니야. 정말이라고! 나는, 나는……."

"그럼, 너는 뭐니? 뭔가 꾸며서 말하려는 거 같은데!"

비둘기가 다그쳤다.

"나는… 그냥 작은 여자아이야."

앨리스는 오늘 자기 몸이 얼마나 자주 변했는지 떠올라 자신 있게 말할 수가 없었다.

비둘기가 경멸의 눈초리로 쏘아보았다.

"그럴듯한 대답이구나! 내가 살면서 여자애를 정말 많이 봤지만 너처럼 목이 이렇게 긴 애는 한 명도 못 봤어! 아니야! 너는 뱀이야. 절대 아니라고 하지 마. 너는 다음에는 달걀을 먹어본 적도 없다고 말할 거잖아!"

앨리스는 아주 솔직한 성격대로 사실을 말했다.

"달걀은 당연히 먹어봤지. 하지만 여자애들도 뱀만큼 달걀을 많이 먹잖아."

"믿을 수 없어. 하지만 네가 달걀을 먹는다면, 너도 뱀이나 마찬가지야. 그렇고말고."

앨리스에게 그런 의견은 생소한 것이었다. 그래서 한동안 잠자코 있었더니 비둘기는 기회를 틈타 아득바득 우기기 시작했다.

"넌 지금 달걀을 찾고 있잖아. 내가 잘 알지. 그러니 네가 소녀인지 뱀인지, 그게 나한테 중요하니?"

앨리스가 얼른 대답했다.

"나한테는 아주 중요해. 나는 지금 달걀을 찾고 있는 게 아니야. 찾고 있다고 해도 네 알은 싫어. 나는 날달걀은 좋아하지 않는단 말이야."

"그래, 그럼 어서 가!"

비둘기는 이렇게 무뚝뚝하게 말하더니 둥지로 내려가 자리를 잡았다.

앨리스는 목이 계속 나뭇가지에 걸려서 가끔 걸음을 멈추고 가지에서 빼내야 했기 때문에 최대한 몸을 구부려 나무 사이에 쭈그리고 앉았다. 얼마 후 앨리스는 아직도 손에 버섯 조각을 쥐고 있다는 사실을 떠올렸다. 그래서 아주 조심조심 한쪽 손에 들고 있던 버섯 조각을 먹고는 다른 쪽 손에 들고 있던 조각도 먹었다. 앨리스는 그렇게 커졌다 작아졌다 하면서 원래 키로 돌아왔다.

너무 오랜만에 원래 자신의 키로 돌아오자 처음에는 상당히 어색했다. 하지만 금방 익숙해져서 앨리스는 평소대로 혼자서 대화하기 시작했다.

"자, 벌써 계획의 반이 이뤄졌잖아! 몸이 변하니까 어찌나 당황스러운지! 매 순간 내가 뭐가 될지 전혀 알 수가 없어! 하지만 이제 원래 크기로 돌아왔으니까 다음은, 그 아름다운 정원으로 가야지. 어떻게 해야 갈 수 있을까?"

앨리스가 이렇게 말하는데 갑자기 탁 트인 벌판에 서 있는 120센티미터 정도 크기의 작은 집이 보였다.

"저기에 누가 살든지 이만한 키의 사람을 본 적은 없을 거야. 나를 보고 깜짝 놀라게 하진 말아야겠다!"

그래서 앨리스는 오른손에 들고 있던 버섯 조각을 조금 베어 물어 키를 20센티미터 정도로 줄인 다음, 집 근처로 다가갔다.

06
돼지와 후추

　앨리스는 잠시 집을 바라보고 서서 이제 어떻게 할까 망설였다. 그때 갑자기 숲에서 제복을 입은 하인이 허겁지겁 나오더니 (앨리스는 그가 제복을 입었기 때문에 하인일 거라고 생각했다. 얼굴만 보면 아마 물고기라고 불렀을 것이다.) 주먹으로 문을 쾅쾅 두드렸다. 역시 제복을 입은 개구리같이 동그란 얼굴에 커다란 눈의 하인이 문을 열었다. 두 하인은 모두 길고 구불구불한 가발을 쓰고 있었다.

앨리스는 무슨 일인지 너무 궁금해서 숲에서 약간 앞으로 살금살금 나왔다.

물고기처럼 생긴 하인은 먼저 겨드랑이에서 자기 크기만한 커다란 편지를 꺼내 들었다. 그러고는 상대방에게 건네며 엄숙한 목소리로 말했다.

"공작부인께 전하는 편지입니다. 여왕 폐하가 보내신 크로케 경기 초대장입니다."

개구리 하인은 똑같이 엄숙한 목소리로 단어 순서만 약간 바꿔 대답했다.

"여왕 폐하께서 보내신 편지군요. 공작부인에게 전하는 크로케 경기 초대장입니다."

그리고 둘은 허리를 굽혀 인사했는데, 그러다 구불구불한 가발이 서로 엉겼다.

앨리스는 이걸 보고 깔깔 웃음이 터져서 들킬까봐 다시 숲으로 달려가야 했다. 다시 살짝 내다보자 물고기 하인은 보이지 않았고 개구리 하인만 문 옆에 앉아 하늘을 멍하니 바라보고 있었다.

앨리스는 수줍게 문으로 다가가서 노크했다.

개구리 하인이 말했다.

"그렇게 노크해봤자 소용없어. 두 가지 이유 때문이지. 첫째, 내가 너처럼 문밖에 있기 때문이야. 그리고 둘째, 지금 안에서 엄청나게 시끄럽게 떠들고 있거든. 아무도 네 소리를 들을 수 없어."

과연 집 안에서는 요란한 소음이 들려왔다. 누군가 계속악을 쓰고 울부짖는 소리에, 재채기하는 소리, 가끔 그릇이나주전자가 와장창 깨지는 소리도 났다.

앨리스가 물었다.

"그렇다면 제가 어떻게 들어가죠?"

하인은 앨리스를 쳐다보지도 않고 말을 이어갔다.

"만약 너와 나 사이에 문이 있다면 네가 문을 두드리는 게말이 되겠지. 예를 들어 네가 집 안에서 문을 두드리면 내가너를 내보내줄 수 있지."

개구리 하인은 이렇게 말하는 내내 하늘만 쳐다봤다. 앨리스는 참 예의 없는 행동이라고 생각하며 중얼거렸다.

"하지만 어쩔 수 없을지도 몰라. 눈이 머리 꼭대기에 쏠려있으니까. 그래도 어쨌든 질문하면 대답은 해주겠지."

앨리스는 더 크게 물어보았다.

"제가 어떻게 들어가요?"

개구리 하인이 대답했다.

"나는 내일까지 여기 앉아 있을 거야."

바로 그때 문이 열리면서 커다란 접시가 곧장 하인의 머리를 향해 날라 왔다. 접시는 코를 살짝 스친 다음, 뒤에 있던 나무에 맞아 산산조각이 났다.

"… 아니면 모레까지도."

개구리 하인은 마치 아무 일도 일어나지 않았다는 듯 똑같은 목소리로 말했다.

앨리스는 더 힘주어 물었다.

"내가 들어가려면 어떻게 해야 하냐고요?"

"제가 정말 들어가도 될까요? 그걸 제일 먼저 물어야지."

맞는 말이었다. 하지만 앨리스는 그런 말은 듣기가 싫어 화가 나려고 했다.

"정말 불쾌해. 여기 동물들하고 이런 식으로 말싸움하느라 미쳐버릴 지경이야!"

하인은 자기가 했던 말을 다양하게 반복할 좋은 기회라고 여기는 것 같았다.

"나는 여기 앉아 있을 거야. 가끔씩. 여러 날 동안."

"그러면 저는 어떻게 해요?"

"네가 원하는 대로."

개구리 하인은 휘파람을 불기 시작했다.

앨리스는 절망스러웠다.

"아, 말해봤자 아무 소용도 없겠어. 완전히 바보잖아!"

앨리스는 문을 열고 안으로 들어가보았다.

문을 열자 곧바로 커다란 부엌이 펼쳐졌고 사방은 연기로
꽉 차 있었다. 부엌 한가운데는 공작부인이 다리가 세 개인
의자에 앉아 아기를 어르고 있었다. 요리사는 화덕에 몸을
기울여 수프로 가득 찬 듯한 커다란 솥을 휘젓고 있었다.

"수프에 후추를 너무 많이 넣었구나!"

앨리스가 재채기를 간신히 멈추고 중얼거렸다.

방 안 가득 후추 냄새가 진동했다. 공작부인조차 간간이
재채기를 했고 아기는 잠시도 쉬지 않고 재채기를 하거나 울
어 젖혔다. 부엌에서 재채기를 하지 않는 건 요리사와 화덕
근처에 앉아 입이 귀에 걸리도록 웃고 있는 커다란 고양이
둘 뿐이었다.

앨리스는 먼저 말을 하면 예의에 어긋나는 게 아닐까 걱정
하며 입을 열었다.

"실례가 안 된다면, 고양이가 왜 저렇게 웃고 있나요?"

공작부인이 대답했다.

"체셔 고양이*니까 그렇지. 돼지야!"

공작부인이 마지막 단어를 너무나도 사납게 말하자 앨리
스는 소스라치게 놀랐다. 하지만 곧 그 단어는 앨리스에게
한 말이 아니라 아기를 보고 한 말이라는 걸 알 수 있었다.
그래서 앨리스는 용기를 내어 대화를 이어갔다.

"저는 체셔 고양이가 항상 저렇게 웃는지 몰랐어요. 사실
고양이가 웃을 수 있는 줄도 몰랐어요."

공작부인이 대답했다.

"다 웃을 수 있어. 대부분 웃지."

앨리스는 대화를 시작하게 된 게 기뻐서 예의를 깍듯이 차
렸다.

"저는 그런 건 전혀 몰랐어요."

공작부인이 말했다.

"너는 아는 게 많지 않구나. 정말 그래."

앨리스는 공작부인의 말투가 너무 거슬려서 대화의 주제

• 영국 체셔 지방의 치즈 가게 간판에 웃고 있는 고양이의 얼굴을 그려 넣은 데
  서 유래한 말로, 항상 웃고 있는 사람을 의미한다.

를 바꾸는 게 낫겠다고 생각했다. 어떤 이야기를 할까 고민하는데 요리사가 솥을 화덕에서 내리더니, 다짜고짜 손에 잡히는 건 뭐든 공작부인과 아기에게 던지기 시작했다. 먼저 부지깽이가 날라 왔고, 냄비와 접시, 그릇들이 계속하여 날라 왔다. 공작부인은 그릇에 맞는데도 꼼짝도 하지 않았다. 아기는 아까부터 울부짖고 있었기 때문에 맞아서 우는 건지 아닌지 구분할 수 없었다.

앨리스는 공포에 질려 팔짝팔짝 뛰었다.

"아, 제발 조심하세요! 아기의 쪼그만 코에 맞겠어요."

그때 보기 드물게 커다란 냄비가 아기 코 근처로 날아와 아기의 코가 떨어져 나갈 뻔했다.

공작부인이 쉰 목소리로 성을 냈다.

"모든 사람이 자기 일에만 신경 쓴다면 세상은 지금보다 더 잘 돌아갈 거다."

앨리스는 자기가 아는 걸 자랑할 기회가 생기자 냅다 쏟아 냈다.

"그건 좋아지는 게 아니에요. 낮과 밤이 어떻게 되는지 생각만 해도 그렇죠! 지구는 중심축*을 도는 데 스물네 시간이

걸리잖아요."

공작부인이 말했다.

"도끼* 얘기를 하는 거냐. 저 애의 목을 베라!"

앨리스는 요리사가 그 말을 듣고 행동에 옮길까봐 불안해서 쳐다봤지만 수프를 젓느라 듣지 못한 것 같았다. 그래서 앨리스는 말을 이어갔다.

"스물네 시간이 맞잖아요. 아니, 스물두 시간이던가?"

공작부인이 말했다.

"아, 신경 쓰지 마라. 숫자라면 질색이니까!"

그러고는 안고 있는 아이를 다시 어르기 시작했는데, 자장가 비슷한 노래를 부르면서 한 줄이 끝날 때마다 아이를 세차게 흔들었다.

내 사내 아이가 재채기를 해대면

야단을 치고 때려야 한다니까.

화를 돋우려고 작정하고

* 앨리스는 중심축axis이라고 말했지만 공작부인은 도끼들axes로 알아들었다.
두 단어의 발음이 똑같은 걸 이용한 말장난이다.

117

어른 놀리는 법을 알고 그러는 거니까.

합창
(요리사와 아기가 함께 불렀다.)
와! 와! 와!

공작부인은 2절을 부르는 동안, 아기를 위아래로 거칠게
휙휙 흔들었다. 조그맣고 불쌍한 아기가 어찌나 울부짖는지
앨리스는 가사를 거의 알아들을 수 없었다.

내 사내 아이가 재채기를 해대면
혼쭐을 내고 때려야 한다니까.
아이가 마음만 먹는다면
후추를 제대로 즐길 수 있으니까.

합창
와! 와! 와!

공작부인은 앨리스에게 아기를 내던지더니 이렇게 말했다.

"옜다! 하고 싶으면 아기를 좀 얼러도 된다! 나는 여왕 폐하와 크로케 경기를 할 준비를 해야 하니까!"

공작부인은 서둘러 방을 나섰다. 요리사는 나가는 공작부인을 향해 프라이팬을 집어던졌으나 아슬아슬하게 빗나갔다.

앨리스는 아기를 안는 데 꽤 애를 먹었다. 아기가 괴상하게 생긴 데다 불가사리처럼 팔과 다리를 사방으로 뻗댔기 때문이었다. 게다가 아기를 잡았을 때 증기기관차를 삶아 먹은 듯 커다랗게 코를 골고 있었고 몸을 계속 접었다가 쭉 펴는 통에 처음 1~2분은 그저 간신히 아이를 붙들고 있는 게 다였다.

어느 정도 아기 달래는 법을 파악하자마자 (아이를 매듭짓듯 오른쪽 귀와 왼쪽 발을 단단히 잡아서 꼰 다음 몸을 풀지 못하게 했다.) 앨리스는 아기를 안고 밖으로 나왔다.

"만약 내가 데려가지 않으면, 하루 이틀이면 아기가 죽고 말 거야. 이대로 두고 가면 살인이나 마찬가지 아니겠어?"

마지막 문장을 크게 말하자 작은 생명체는 대답으로 꿀꿀거렸다. (이제 재채기는 멈춘 상태였다.)

"꿀꿀거리지 마. 그렇게 하면 네 생각을 전혀 표현할 수 없어."

아기는 다시 꿀꿀댔다. 앨리스는 무슨 문제가 있는지 근심 가득한 눈으로 아기의 얼굴을 쳐다보았다. 아기의 코는 사람 코라기보다는 돼지 코와 훨씬 더 비슷할 정도로 심한 들창코였고 눈도 아기치고는 몹시 작아지고 있었다. 앨리스는 아기의 생김새에 도저히 정이 안 갔다.

'하지만 그냥 울고 있는 건지도 몰라.'

이렇게 생각하며 눈물이 맺혔는지 보려고 다시 아기 눈을 쳐다보았다.

아니었다. 눈물 자국은 없었다. 앨리스가 진지하게 말했다.

"아가야, 네가 돼지로 변할 거라면 내가 너한테 해줄 수 있는 게 없어. 그러니까 잘 생각해!"

그러자 불쌍한 작은 생명체는 다시 울기 시작했다. (아니면 꿀꿀거렸나. 둘 중 뭘 한다고 구분하는 게 불가능했다.) 둘은 한동안 말없이 걸어갔다.

앨리스는 이렇게 생각하기 시작했다.

'애를 집에 데리고 가면 어떻게 해야 하지?'

그때 분명하게 '꿀꿀' 하는 소리가 들렸다. 앨리스는 아기 얼굴을 내려다보고 화들짝 놀랐다. 이번에는 의심할 바 없이 확실했다. 아기는 더도 말고 덜도 말고 분명히 돼지였다. 앨리스는 돼지를 계속 안고 걸어가는 건 말이 안 되는 일이라고 생각했다.

그래서 작은 돼지를 내려놓았더니 돼지는 숲으로 조용히 사라졌다. 앨리스는 마음이 놓였다.

"저게 사람이었다면 너무 못생긴 아이로 자랐을 거야. 하지만 돼지 치고는 잘생긴 돼지였어."

그리고 자기가 알고 있는 돼지와 닮은 아이들을 떠올리기 시작했다.

"내가 그 아이들을 바꿔줄 수 있는 확실한 해결 방법을 안다면 좋을 텐데."

그때 앨리스는 몇 미터 떨어진 나뭇가지에 앉아 있는 체셔 고양이를 발견하고 멈칫했다.

체셔 고양이는 앨리스를 보고도 가만히 웃기만 했다. 앨리스는 성격 좋은 고양이라고 생각했지만 발톱이 아주 길고 이빨도 많아서 깍듯하게 대하기로 했다.

"체셔 고양이야."

앨리스는 고양이가 그 이름을 좋아할지 어떨지 전혀 감을 잡을 수 없어 약간 조심스럽게 불러보았다. 하지만 고양이는 좀 더 크게 미소만 지었다.

"그래, 아직까진 기분이 좋은 거 같은데. 부탁인데 내가 여기서 어디로 가야 할지 말해줄래?"

고양이가 답했다.

"그건 네가 어디로 가고 싶은지에 달려 있지."

"어디든 상관은 없는데……."

"그럼 어느 쪽으로 가든 상관이 없겠네."

앨리스가 설명하듯 덧붙였다.

"어디든 도착하기만 한다면야……."

체셔 고양이가 말했다.

"넌 틀림없이 어딘가에 도착하게 될 거야. 계속 걷는다면 말이야."

앨리스는 그 말에 수긍할 수밖에 없었다.

그래서 다른 질문을 해보았다.

"이 주변에는 어떤 사람들이 살고 있어?"

고양이가 오른발을 흔들며 설명해주었다.

"저쪽으로 가면 모자 장수가 살고, 이쪽으로 가면……."

체셔 고양이는 다른 쪽 발을 흔들며 말했다.

"3월 토끼가 살아. 가고 싶은 데로 가렴. 둘 다 제정신이 아니거든."

"하지만 나는 제정신이 아닌 사람들한테 가고 싶진 않아."

"아, 그건 어쩔 수 없어. 여기에 있는 우리들은 다 미쳤거든. 나도 미쳤어. 너도 미쳤고."

"내가 미친 걸 네가 어떻게 알아?"

앨리스가 물었다.

"넌 분명 미쳤어. 그렇지 않고선 여기에 오지도 않았을 테니까."

앨리스는 그 말은 아무것도 증명하지 못한다는 생각이 들었지만 또 물어보았다.

"그리고 너는 네가 미쳤다는 걸 어떻게 알아?"

"우선 강아지는 미치지 않았어. 너도 그렇게 생각하지?"

"그 말은 맞아."

"자, 그렇다면 봐봐. 개는 화가 나면 으르렁거리고 기분이 좋으면 꼬리를 흔들지. 나는 기분이 좋으면 으르렁거리고 화가 나면 꼬리를 흔들거든. 그러니까 내가 미쳤지."

"그건 으르렁거리는 게 아니라 가르랑거린다고 표현해."

"네 마음대로 표현하렴. 그나저나 오늘 여왕의 크로케 경기에 갈 예정이니?"

"나도 정말 가고 싶은데 아직 초대받지 못했어."

"거기 가면 나를 만날 수 있을 거야."

고양이는 이렇게 말하더니 스르륵 사라졌다.

고양이가 사라졌지만 앨리스는 하도 이상한 일에 익숙해지다 보니 그리 놀라지 않았다. 앨리스는 고양이가 있던 자리를 계속 쳐다보고 있었다. 그때 갑자기 고양이가 다시 나타났다.

"그런데 말이야. 아기는 뭐가 됐어? 묻는다는 걸 깜빡했지 뭐니."

앨리스는 고양이가 그렇게 등장한 게 자연스럽다는 듯 침착하게 대답했다.

"아기는 돼지로 변했어."

"그럴 줄 알았지."

체셔 고양이는 그렇게 말하고는 또 사라졌다.

앨리스는 고양이가 다시 나타날 것 같아 잠시 기다렸지만 나타나지 않았다. 잠시 후 앨리스는 3월 토끼가 살고 있다는 방향으로 걸음을 옮겼다.

"모자 장수는 전에도 본 적이 있으니까. 3월 토끼가 훨씬 더 재미있을 거 같아. 지금은 5월이니까 완전히 미치지는 않았겠지. 적어도 3월처럼 미쳐 있지*는 않을 거야."

이렇게 중얼거리며 위를 쳐다보니 체셔 고양이가 또 나뭇가지 위에 앉아 있었다.

체셔 고양이가 물었다.

"너 아까 돼지**라고 했니, 무화과**라고 했니?"

"돼지라고 했어. 그리고 네가 그렇게 갑자기 나타났다 사라졌다 하지 않았으면 좋겠다. 너무 어지러워."

"알았어."

체셔 고양이는 그렇게 대답하더니 이번에는 꼬리 끝부터 서서히 사라졌고 몸이 다 사라진 후에도 미소는 한동안 남아 있다가 사라졌다.

"와! 미소 짓지 않는 고양이는 많이 봤지만 고양이는 없는데 미소만 있다니! 지금까지 살면서 제일 신기한 장면을 본 거 같아!"

앨리스가 소리 질렀다.

그리고 그다지 많이 걷지도 않았는데 3월 토끼의 집을 찾

• '3월 토끼처럼 미쳤다Mad as March hare'라는 말은 오래된 영어 속담으로 유럽 갈색 토끼가 짝짓기 철인 3월에 기이한 행동을 하는 데서 유래한 말이다.
•• 돼지pig와 무화과fig의 발음이 비슷한 걸 이용한 말장난이다.

을 수 있었다. 굴뚝이 토끼 귀처럼 생겼고 지붕은 털로 엮어져 있었기 때문에 3월 토끼의 집이 분명해 보였다. 집이 너무 컸기 때문에 앨리스는 왼쪽 손에 든 버섯을 먹기 전에는 집 근처에 가기 싫어서 버섯을 먹고 키를 60센티미터 정도로 키웠다. 그래도 약간 망설여져서 집을 향해 걸어가며 이렇게 중얼거렸다.

"결국 완전히 미친 토끼일 거야! 대신 모자 장수를 보러 갈 걸 그랬나?"

07
엉망진창 티파티

집 앞에 서 있는 나무 아래 식탁이 놓여 있고 3월 토끼와 모자 장수는 차를 마시고 있었다. 둘 사이에 앉아 있는 겨울잠쥐는 곤히 잠들어 있었다. 3월 토끼와 모자 장수는 겨울잠쥐가 쿠션인 것처럼 위에 팔꿈치를 척 올리고 그 너머로 대화를 주고받았다. 앨리스는 그들을 보고 이런 생각이 들었다.

'겨울잠쥐가 아주 불편하겠는데. 물론 자고 있으니까 신경은 안 쓰겠지.'

식탁은 아주 널찍했지만 셋은 한쪽 구석에 옹기종기 모여 있었다.

"자리 없어! 자리 없다고!"

그들은 앨리스가 다가가자 소리쳤다.

"저기 자리 많은데요!"

앨리스는 분한 마음이 들어 한쪽 구석에 있는 커다란 팔걸이 의자에 털썩 앉았다.

3월 토끼가 앨리스에게 권했다.

"와인 좀 마셔."

앨리스는 자세히 훑어봤지만 식탁에는 차밖에 없었다.

"와인은 도저히 못 찾겠는데요."

3월 토끼가 말했다.

"와인은 없어."

앨리스는 기분이 상했다.

"그렇다면 와인을 권하는 건 예의가 아니죠!"

"초대하지도 않았는데 멋대로 자리에 앉는 것도 예의는 아니지."

3월 토끼가 말했다.

앨리스가 지지 않고 대꾸했다.

"당신의 식탁인 줄 몰랐어요. 그리고 세 명보다 훨씬 더 많이 앉을 수 있잖아요."

"너 머리카락 좀 잘라야겠다."

모자 장수는 앨리스를 신기하다는 듯이 한참 쳐다보고 있다가 처음 입을 열었다.

앨리스는 자못 진지한 태도로 말했다.

"개인적인 일에 이래라저래라 하는 건 아주 무례한 행동이에요."

모자 장수는 이 말을 듣고 눈을 동그랗게 떴지만, 덜렁 이런 말만 했다.

"까마귀랑 책상이 닮은 점이 뭐게?"

앨리스는 속으로 생각했다.

'어머, 이제 재밌게 놀 수 있겠다!'

그래서 큰 소리로 말했다.

"이제 수수께끼 놀이 시작하는 거군요. 내가 맞출 수 있을 거 같은데요."

3월 토끼가 물었다.

"네가 답을 맞힐 수 있다고 생각한다는 게 진심이야?"

"그럼요, 물론이죠."

앨리스가 답했다.

"그럼 너는 네 진심을 말해야지."

3월 토끼가 다그쳤다.

앨리스가 얼른 대답했다.

"저는 그렇게 하고 있는걸요. 적어도 저는 진심을 말하고 있어요. 어차피 똑같은 말이잖아요."

모자 장수가 말했다.

"하나도 안 똑같아! 그럼 너는 이러겠다. '나는 내가 먹는 걸 본다'라는 문장이 '나는 내가 보는 걸 먹는다'와 똑같은 뜻이라는 거야?"

3월 토끼가 거들었다.

"그럼 너는 이러겠다. '나는 내가 받은 걸 좋아해'라는 문장이 '나는 내가 좋아하는 걸 받아'와 똑같은 뜻이라는 거야?"

겨울잠쥐가 잠꼬대하듯 거들었다.

"그럼 너는 이러겠다. '나는 내가 잘 때 숨을 쉬어'라는 문장이 '나는 내가 숨을 쉴 때 자'라는 문장과 똑같은 뜻이라는 거야?"

"겨울잠쥐, 너한테는 그건 똑같은 말이지."

모자 장수가 핀잔을 주었다. 그리고 대화는 끊어졌다. 다들 한동안 조용히 앉아 있었다. 그사이 앨리스는 까마귀와 책상에 관한 거라면 뭐든 생각해내려고 머리를 쥐어짜보았다. 하지만 떠오르는 게 별로 없었다.

모자 장수가 먼저 침묵을 깼다.

"오늘이 며칠이지?"

앨리스를 돌아보며 물었다. 그러고는 주머니에서 시계를 꺼내더니 불안한 듯 쳐다보고 이따금 흔들다가 귀에 가져다 댔다.

앨리스가 잠시 생각해보고 대답했다.

"4일이에요."

모자 장수가 한숨을 내쉬었다.

"이틀이나 차이 나잖아! 버터가 안 좋을 거라고 말했지!"

모자 장수가 분노가 가득 찬 눈길로 3월 토끼를 바라보았다.

"제일 좋은 버터였어."

3월 토끼가 침착하게 답했다.

"그래, 빵부스러기가 조금 들어간 게 틀림없어. 버터를 빵 칼로 바르는 게 아니었는데."

모자 장수가 툴툴댔다.

3월 토끼가 시계를 받아들고 걱정스럽게 쳐다봤다. 그러고는 찻잔에 담갔다가 꺼내서 다시 시계를 확인했다. 하지만 자신이 했던 첫마디보다 더 나은 말을 할 순 없었다.

"제일 좋은 버터였어. 그렇다고."

앨리스는 시계가 신기해서 3월 토끼 어깨 너머로 계속 쳐다보고 있었다.

"정말 재밌는 시계네요! 날짜만 있고 시간은 안 나와 있어요!"

모자 장수가 중얼거렸다.

"왜 시간이 표시돼야 하지? 네 시계는 연도가 표시되니?"

앨리스가 망설이지 않고 대답했다.

"그건 아니에요. 하지만 연도는 오랫동안 똑같으니까 표시될 필요가 없잖아요."

"내 시계가 정확히 그렇지."

모자 장수가 말했다.

앨리스는 너무나 혼란스러웠다. 모자 장수의 말은 아무런 의미가 없는 듯했지만 말이긴 말이었다.

"무슨 말인지 잘 이해가 안 돼요."

앨리스는 최대한 공손하게 말했다.

"겨울잠쥐가 다시 잔다."

모자 장수가 뜨거운 차를 겨울잠쥐의 코에 약간 부었다.

겨울잠쥐는 세차게 머리를 흔들더니 눈도 뜨지 않고 말했다.

"물론이지, 물론이지. 딱 그 말이 내가 하려던 말이야."

"수수께끼는 풀었니?"

모자 장수가 앨리스를 다시 돌아보았다.

"아니요, 포기할래요. 답이 뭐예요?"

"나야 전혀 모르지."

모자 장수가 말했다.

"나도 몰라."

3월 토끼도 말했다.

앨리스는 지친 듯 한숨을 내쉬었다.

"이럴 시간에 다른 걸 하는 게 낫겠어요. 정답도 모르는 수수께끼를 묻는 데 그것을 낭비하느니 말이에요."

모자 장수가 말했다.

"네가 나만큼 시간을 잘 안다면, '그것'을 낭비한다고 하지 않을걸. '그'를 낭비한다고 하겠지."

"무슨 말을 하는 건지 모르겠어요."

앨리스는 머리가 얼떨떨했다.

모자 장수가 어이없다는 듯 머리를 흔들었다.

"당연히 넌 모르지! 너는 시간에게 말을 걸어본 적도 없을 거 아니니."

앨리스가 조심스레 대답했다.

"네, 그런 것 같아요. 하지만 저는 음악을 배워서 박자를 맞춰야* 한다는 건 알아요."

모자 장수가 말했다.

"아! 그러면 설명이 되네. 시간은 맞는* 건 견디지 못할 거야. 자, 네가 시간이랑 잘만 지내면, 시간은 네가 원하는 부탁은 거의 다 들어준다고. 가령 아침 9시라고 해보자. 수업을 시작할 시간이지. 그러면 너는 시간에게 넌지시 힌트만 주면 돼. 그러면 시간은 반짝하고 바늘을 돌려서 1시 30분이 되게 할 수 있어. 점심시간이 되는 거야!"

(3월 토끼가 "점심시간이면 좋겠네"라고 지나가는 말처럼 중얼거렸다.)

앨리스가 말했다.

* beat time의 beat를 박자를 맞추다 혹은 때리다 두 가지로 해석할 수 있는 점을 이용한 말장난이다.

"그렇게 되면 정말 좋겠네요. 하지만 배가 안 고플 것 같은데요."

모자 장수가 맞장구쳤다.

"아마도 처음에는 안 고프겠지. 하지만 원한다면 1시 30분에 머물러 있을 수 있어."

"혹시 지금 그렇게 하고 있는 거예요?"

앨리스가 물었다.

모자 장수는 우울한 듯 고개를 저었다.

"내가 하고 싶어서 하는 게 아니야! 우리는 지난 3월에 다퉜거든……. 저 애가 미치기 바로 직전에 말이야……. (모자 장수는 티스푼으로 3월 토끼를 가리켰다.) 하트 여왕이 개최한 대형 콘서트에서 내가 노래를 불러야 했지."

반짝, 반짝, 작은 박쥐야!
네가 어디 있는지 궁금하구나!

모자 장수가 물었다.

"너도 이 노래 알지?"

"비슷한 걸 들어본 거 같아요."

앨리스가 대답했다.

"이런 노래야. 이렇게 이어지잖아."

모자 장수가 계속 노래했다.

너는 세상 위로 날아올라

하늘 위의 찻쟁반처럼

반짝, 반짝…

겨울잠쥐가 몸을 흔들더니 꿈꾸듯 노래를 부르기 시작했다.

"반짝, 반짝, 반짝, 반짝….."

그리고 계속 노래를 불러 대서 모자 장수와 3월 토끼는 겨울잠쥐를 멈추게 하려고 꼬집어야 했다.

모자 장수가 설명을 이어갔다.

"세상에, 1절도 다 못 끝냈을 때였어. 하트 여왕이 벌떡 일어나더니 난리를 치면서, '모자 장수가 시간을 엉망진창으로 죽이고 있다! 목을 베라!' 그랬거든."

"어쩜 그렇게 잔인해요!"

앨리스가 소리 질렀다.

모자 장수가 슬퍼하며 말을 이어갔다.

"그래서 그 이후로 시간은 내가 부탁하는 건 하나도 안 들 어줘! 그래서 지금은 항상 6시야."

앨리스는 퍼뜩 깨달았다.

"그래서 여기에 차랑 찻잔이 잔뜩 있는 거군요?"

모자 장수가 한숨을 길게 뱉었다

"응, 그렇지. 늘 티타임이니까. 차를 마시느라 그릇을 닦을 시간도 없거든."

"그래서 계속 자리를 옮겨야 하는 거군요?"

앨리스가 물었다.

모자 장수가 대답했다.

"그럼, 물론이지. 차를 다 마시면…."

"하지만 다시 처음 시작했던 자리로 돌아가게 되면 어떻게 돼요?"

앨리스가 용기를 내어 물어보았다.

3월 토끼가 하품하며 끼어들었다.

"이제 우리 다른 이야기 하자. 이 얘기 지겨워. 나는 이 어 린 아가씨가 이야기해줄 것을 제안하는 바입니다."

앨리스는 토끼의 제안이 의외라고 생각했다.

"안타깝지만, 저는 아는 이야기가 없어요."

"그러면 겨울잠쥐가 해라!"

둘은 크게 외쳤다.

"겨울잠쥐야 일어나!"

그러고는 양쪽에서 동시에 겨울잠쥐를 꼬집었다.

겨울잠쥐가 서서히 눈을 뜨더니 갈라진 목소리로 나직이 말했다.

"나 안 자고 있었는데. 너희가 하는 말 다 듣고 있었어."

"이야기해줘!"

3월 토끼가 말했다.

"맞아요. 해주세요!"

앨리스도 간청했다.

모자 장수가 덧붙였다.

"그리고 짧은 거로 해. 안 그러면 이야기가 끝나기 전에 네가 다시 잠들 테니까."

겨울잠쥐가 서둘러 이야기를 시작했다.

"옛날 옛적에 세 자매가 살고 있었어. 이름은 엘시, 레이시, 그리고 틸리였지. 세 자매는 우물 바닥에 살았는데…."

"뭘 먹고 살았어요?"

늘 먹고 마시는 데 관심이 많은 앨리스가 물었다.

겨울잠쥐가 잠시 생각하더니 말했다.

"당밀을 먹고 살았지."

앨리스가 상냥하게 알려주었다.

"그럴 순 없었을 거예요. 그랬다면 병에 걸렸을 테니까요."

겨울잠쥐가 대답했다.

"그래, 그렇게 됐어. 병이 심하게 걸렸지."

앨리스는 그렇게 특이하게 살면 어떨까 상상해봤지만 너무 머리가 복잡해서 다시 질문을 던졌다.

"그런데 그 자매들은 왜 우물 바닥에서 살았어요?"

"차 좀 더 마셔."

3월 토끼가 진지하게 앨리스에게 말했다.

앨리스는 기분이 상해서 대답했다.

"저는 차 한 잔도 안 마셨어요. 그러니 '더' 마신다는 건 말이 안돼죠."

모자 장수가 말했다.

"덜 마실 수 없다는 말이지. 전혀 안 마신 것보다 더 마시는 건 아주 쉽잖아."

"모자 장수의 생각은 아무도 안 물어봤어요."

앨리스가 말했다.

"지금 나한테 이래라저래라 하는 사람은 누굴까?"

모자 장수가 의기양양하게 물었다.

앨리스는 그 말에 딱히 할 말이 없었다. 그래서 차를 좀 마시고 버터를 바른 빵을 먹었다. 그리고 겨울잠쥐를 보고 다시 물었다.

"세 자매는 왜 우물 바닥에서 살았어요?"

겨울잠쥐는 잠시 생각하더니 이렇게 말했다.

"그게 당밀 우물이었어."

"그런 우물은 없어요!"

"쉬! 쉬!"

앨리스가 화를 내려고 하자, 모자 장수와 3월 토끼가 말렸다.

겨울잠쥐는 뚱한 표정을 지으며 말했다.

"너 점잖게 안 있을 거면, 네가 이야기를 마무리해."

앨리스는 아주 공손하게 말했다.

"아니에요. 제발 계속해주세요! 다시는 끼어들지 않을게요. 그런 우물이 하나는 있을 수 있죠."

"있다고. 진짜로!"

겨울잠쥐는 화를 내긴 했지만 이야기를 이어갔다.

"그래서 이 세 자매는… 길어 올리는* 법을 배우고 있었어."

"뭘 그렸다고요*?"

앨리스는 자기가 한 말은 까맣게 잊고 또 끼어들었다.

"당밀이지."

이번에는 겨울잠쥐가 망설임 없이 대답했다.

모자 장수가 얘기를 중단시켰다.

"나 깨끗한 잔을 쓰고 싶어. 다들 한 자리씩 옮기자."

이렇게 말하면서 모자 장수는 옆으로 이동했고 겨울잠쥐도 움직였다. 3월 토끼는 겨울잠쥐 자리로 옮겼고 앨리스도 마지못해 3월 토끼가 앉아 있던 자리로 옮겨 앉았다. 자리를 옮겨서 좋은 게 있는 사람은 모자 장수뿐이었다. 앨리스의 자리는 이전 자리보다 훨씬 안 좋았는데 3월 토끼가 방금 전 우유병을 접시에 엎었기 때문이었다.

앨리스는 겨울잠쥐의 기분을 다시 건드리고 싶지 않아서 아주 조심스럽게 물어보았다.

"하지만 저는 이해가 잘 안 가요. 당밀을 어디서 길어 올린다는 거예요?"

* draw의 의미가 끌어당기다와 그리다 두 가지라는 점을 이용한 말장난이다.

모자 장수가 말했다.

"물이 있는 우물에서 물을 길어 올리잖아. 그러니 당밀 우물에서 당밀을 길어 올릴 수 있겠지. 안 그러니, 바보야?"

앨리스는 모자 장수의 마지막 말은 무시하고 겨울잠쥐를 보고 말했다.

"하지만 세 자매는 우물* 안에서 살았다면서요."

겨울잠쥐가 말했다.

"물론 세 자매는 잘* 있었지."

이 대답으로 가여운 앨리스는 머리가 뒤죽박죽되어 잠시 동안 겨울잠쥐를 방해하지 않고 계속 이야기하게 내버려두기로 했다.

겨울잠쥐는 너무 잠이 오는지 하품을 하고 눈을 비비며 이야기를 이어나갔다.

" 세 자매는 길어 올리는 법을 배웠어. 별의별 것을 다 길어 올렸지. M자로 시작하는 건 뭐든 말이야."

"왜 M으로 시작하는 단어에요?"

* well이 우물이라는 뜻의 명사, 적당히, 좋은이라는 뜻의 형용사로 쓰일 수 있는 점을 이용한 말장난이다.

앨리스가 물었다.

"그러면 왜 안 돼?"

3월* 토끼가 답했다.

앨리스는 입을 꾹 다물었다.

겨울잠쥐는 이제 눈꺼풀이 내려앉는지 꾸벅꾸벅 졸기 시작했다. 하지만 모자 장수가 꼬집자 조그만 소리로 '찍' 하고 비명을 지르더니 이야기를 계속했다.

"… 그래서 M으로 시작하는 것들, 쥐덫, 달, 기억, 많은 것 등이 있지**… 왜 '대동소이'라고 많고 적음이 비슷하다는 말도 있잖아. 많은 것**을 길어 올리는 걸 본 적 있니?"

앨리스는 머릿속이 너무 복잡했다.

"어, 겨울잠쥐가 물어서 생각해보니, 본 적이 없는 거 같은데요……."

"그러면 넌 입을 열지 말아야지."

모자 장수가 말했다.

---

* 3월March과 당밀molasses 모두 M으로 시작한다.

** 모두 M으로 시작하는 단어이다. 쥐덫mouse-traps, 달moon, 기억memory, 대동소이much of a muchness, 많은 것muchness

앨리스는 이런 무례한 말을 더 이상 참을 수가 없었다. 너무 기분이 나빠진 나머지 자리를 박차고 일어나 걷기 시작했다. 겨울잠쥐는 곧장 잠에 빠졌고 앨리스는 나머지 둘이 자기를 불러주길 기대하며 한두 번 돌아봤지만 누구도 앨리스가 일어난 걸 눈치채지 못했다. 마지막으로 돌아봤을 땐 둘은 겨울잠쥐를 찻주전자에 집어넣으려 하고 있었다.

앨리스는 숲길을 조심조심 헤쳐 나가며 말했다.

"어쨌든 다시는 저기에 안 가! 내가 지금까지 가봤던 티파티 중 제일 엉망진창인 파티였어!"

앨리스가 막 이 말을 하는데, 나무들 중에 안으로 들어갈 수 있는 문이 달린 나무가 눈에 들어왔다.

'저 나무 정말 신기하다! 하긴 오늘은 모든 게 신기하지. 얼른 들어가봐야겠어.'

앨리스는 이렇게 생각하며 안으로 들어가보았다.

나무 안에는 기다란 방이 펼쳐졌고 작은 유리 탁자가 옆에 놓여 있었다.

"이번에는 더 잘 해봐야지."

앨리스는 이렇게 중얼거린 다음, 작은 황금 열쇠를 먼저 손에 쥐고 정원으로 나가는 문을 열었다. 그리고 버섯을 조금 베어 물어서 (주머니에 넣어둔 버섯 조각이 있었다.) 키가 30센티미터 정도 되게 했다. 그런 다음 작은 통로를 걸어 내려가 드디어 화려한 꽃밭과 멋진 분수가 있는 아름다운 정원으로 들어섰다.

08
여왕의 크로케 경기장

정원 입구에는 커다란 장미 나무가 서 있었다. 흰색 장미였는데 정원사 세 명이 나무에 달라붙어 열심히 빨갛게 칠하고 있었다. 앨리스는 이 장면이 굉장히 이상해서 가까이 다가가 가만히 지켜보았다. 막 가까이 갔을 때, 한 정원사가 말했다.

"파이브! 조심해. 나한테 페인트 튀지 좀 말란 말이야!"

"나도 어쩔 수 없었어. 세븐이 내 팔꿈치를 건드렸어."

파이브가 무뚝뚝하게 말했다.

그러자 세븐이 고개를 들고 이렇게 쏘아붙였다.

"그럼 그렇지, 파이브! 넌 늘 남 탓을 하잖아!"

파이브가 말했다.

"너 입 다무는 게 좋을걸! 바로 어제 여왕 폐하가 너를 처형시킨다는 말을 내가 들었다고!"

제일 먼저 입을 열었던 정원사가 물었다.

"왜?"

세븐이 말했다.

"투, 네가 상관할 바 아니야!"

파이브가 우겼다.

"아니야, 개도 상관이 있어! 그리고 내가 이유를 말해주지. 왜냐면 세븐이 요리사한테 양파가 아니라 튤립 뿌리를 가져다줬거든."

세븐은 붓을 획 내팽개치며 말했다.

"온갖 불공평한 일 중에…."

그러곤 자신들을 지켜보고 있던 앨리스를 발견하고는 갑자기 옷매무새를 가다듬었다. 다른 두 정원사는 주변을 두리번거리더니 일제히 허리를 굽혀 인사했다.

앨리스는 약간 수줍었다.

"혹시, 왜 장미에 색을 칠하고 있는지 말해줄래요?"

파이브와 세븐은 아무 말 없이 투만 바라봤다. 투가 목소리를 깔고 말하기 시작했다.

"왜 그런가 하면 말이죠. 아가씨, 여기에 붉은 장미 나무를 심었어야 했는데 실수로 흰 장미 나무를 심었지 뭡니까. 만약 여왕 폐하가 발견하면 우리는 모두 처형당하고 말 거예요. 아시겠죠. 그러니까 아가씨, 우리는 최선을 다하고 있는 겁니다. 그분이 오시기 전에…."

이때 정원을 초조하게 살피고 있던 파이브가 소리쳤다. "여왕 폐하다! 여왕 폐하!"

그러더니 정원사 세 명은 후다닥 얼굴을 바닥에 납작 엎드렸다. 많은 사람의 발걸음 소리가 우르르 들려왔고 앨리스는 여왕을 보고 싶어서 두리번거렸다.

먼저 열 명의 병사들이 기다란 곤봉을 들고 행진했다. 이들은 모두 세 명의 정원사들처럼 몸은 납작한 직사각형이었고 손과 발은 구석에 달려 있었다. 다음에는 궁정 신하 열 명이 나왔다. 다이아몬드로 온몸을 장식했고 병사들처럼 둘씩 짝지어 걸어왔다. 그다음으로는 왕실의 자녀들이 왔다. 모두 열 명의 조그마한 아이들은 두 명씩 손을 잡고 즐겁게 방방 뛰었다. 아이들은 전부 하트로 장식되어 있었다. 다음은 손님들로 대부분 왕과 여왕이었는데 앨리스는 그들 사이에서 시계 토끼를 발견했다. 시계 토끼는 불안하고 초조한 기색으로 말하면서 듣는 말마다 미소를 지었고 앨리스를 알아보지 못한 채 지나쳤다. 그런 다음 하트 잭이 진홍빛 벨벳 쿠션 위에 왕관을 받쳐 들고 왔다. 이 장대한 행렬 마지막엔 하트 왕과 하트 여왕이 행차했다.

앨리스는 자신도 정원사들처럼 얼굴을 바닥에 엎드려야 하나 약간 망설였다. 하지만 여왕이 행차할 때 엎드려야 한다는 법은 들어본 기억이 없었다.

'그러면 행차가 무슨 의미가 있겠어. 사람들이 전부 다 얼굴을 숙여서 볼 수가 없다면 말이야.'

그래서 앨리스는 자리에 똑바로 선 채 기다렸다.

행진하던 사람들이 앨리스와 마주치자 모두 걸음을 멈추고 앨리스를 쳐다봤다. 여왕은 심각한 어투로 하트 잭에게 물었다.

"저 애는 누구냐?"

하지만 하트 잭은 허리를 숙이고 미소만 벙긋 지었다.

"이런 멍청이!"

여왕이 신경질을 내며 머리를 흔들더니 앨리스를 돌아보았다.

"얘야, 네 이름이 무엇이냐?"

"제 이름은 앨리스입니다. 만나뵙게 되어 영광입니다. 여왕 폐하."

앨리스는 예의를 갖춰 대답했지만 이렇게 생각했다.

'결국 이 사람들은 전부 카드 종이일 뿐이니까, 무서워할 필요는 없어!'

"그리고 이들은 누구냐?"

여왕이 장미 나무 주변에 엎드려 있던 세 명의 정원사를 가리켰다. 얼굴을 바닥에 대고 엎드려 있으니 등판의 모양이 다른 카드와 똑같아서 여왕은 누가 정원사고, 병사고, 신하고, 자신의 아이들인지 전혀 구분할 수 없었다.

"제가 어떻게 알겠습니까? 제가 알아야 할 일은 아닌걸요."

앨리스는 자신도 모르게 나온 대범한 답변에 깜짝 놀랐다.

그러자 여왕의 얼굴이 진홍빛으로 달아오르더니 한 마리의 야생 동물처럼 이글대는 눈빛으로 한동안 앨리스를 쏘아보고 이렇게 소리 질렀다.

"이 아이의 목을 베라! 당장 베…"

"말도 안 돼요!"

앨리스가 아주 큰 소리로 단호하게 말하자 여왕은 할 말을 잃었다.

왕이 여왕의 팔에 손을 얹고는 조심스레 말했다.

"생각해보세요, 여왕. 이 아이는 아직 어린애잖아요!"

여왕은 신경질적으로 왕에게서 획 돌아서서 하트 잭에게 명령했다.

"그들을 뒤집어보아라!"

하트 잭은 정원사들을 한쪽 발로 아주 살살 뒤집었다.

"일어나!"

여왕이 날카롭고 큰 목소리로 외치자 정원사 세 명은 즉시 벌떡 일어나 왕과 여왕, 왕자와 공주, 그리고 모든 사람을 향해 굽신거리기 시작했다.

여왕이 외쳤다.

"그만해! 너희가 그러니까 정신이 없다."

그러고는 장미 나무를 보더니 이렇게 물었다.

"너희는 여기서 도대체 무엇을 하고 있었느냐?"

투가 매우 겸허한 태도로 한쪽 무릎을 꿇고 대답했다.

"여왕 폐하. 황송한 말씀이오나, 저희는⋯⋯."

그 와중에 장미를 자세히 살펴본 여왕이 외쳤다.

"그랬구나! 이들의 머리를 베라!"

그리고 행진을 계속했고 불쌍한 정원사를 처형하기 위해 세 명의 병사가 남겨졌다. 정원사들은 앨리스에게 달려가 도와달라고 매달렸다.

"처형당하지 않을 거예요!"

앨리스는 옆에 있던 커다란 꽃 화분 안에 정원사들을 집어넣었다. 세 명의 병사는 잠시 정원사들을 찾아다니더니 이내 다른 무리들과 함께 슬쩍 가버렸다.

여왕이 물었다.

"그들의 머리는 베었나?"

병사들은 씩씩하게 대답했다.

"목은 사라졌습니다. 여왕 폐하!"

"잘 됐다! 크로케는 할 줄 아느냐?"

병사들은 말없이 앨리스를 바라봤다. 분명히 앨리스에게 묻는 말이었기 때문이었다.

"네!"

앨리스가 외쳤다.

"그럼, 이리 오너라!"

여왕이 우렁차게 명령했다. 앨리스는 다음엔 도대체 무슨 일이 일어날까 궁금해하며 행렬에 동참했다.

"날이, 날이 아주 화창하네!"

앨리스 옆에서 겁먹은 목소리가 들려왔다. 시계 토끼가 걱정스런 눈빛으로 앨리스의 얼굴을 훔쳐보며 옆에서 걷고 있었다.

앨리스가 말했다.

"날씨가 아주 좋네요. 공작부인은 어디 있나요?"

"쉬! 쉬!"

토끼가 낮은 목소리로 황급히 속삭이며 어깨 너머를 불안하게 힐끗거렸다. 그러고는 발끝을 들어 올려 앨리스의 귀에다 대고 소곤댔다.

"공작부인에게 사형이 선고됐어."

"왜요?"

앨리스가 물었다.

"지금 '안됐다!'라고 한 거니?"

토끼가 물었다.

"아니요, 안 그랬어요. 전혀 안됐다고 생각하지 않아요. 저

는 '왜요?'라고 말했어요."

앨리스가 말했다.

토끼가 설명을 시작했다.

"공작부인이 여왕의 뺨을 때렸거든……."

이 말에 앨리스는 자그맣게 웃음을 터트렸다.

"앗, 조용히 해!"

토끼는 지레 겁을 먹고 목소리를 낮췄다.

"여왕이 듣겠어! 그러니까 공작부인이 좀 늦게 왔거든. 그래서 여왕이……."

"모두 자기 위치로!"

여왕이 천둥처럼 큰 소리로 외치자 사람들은 사방팔방 뛰기 시작해서 서로 얽혀 넘어지고 난장판이 되었다. 하지만 잠시 후, 모두 자리를 잡았고 경기가 시작되었다.

앨리스는 이렇게 신기한 크로케 경기장은 태어나서 처음 보았다. 경기장은 이랑과 고랑 천지였다. 공은 살아 있는 고슴도치였고, 공을 치는 나무 망치는 살아 있는 플라밍고였다. 병사들은 골대를 만들기 위해 둘씩 짝을 지어 손과 발을 잡고 서 있어야 했다.

앨리스가 맞닥뜨린 제일 곤혹스러운 일은 플라밍고를 다

루는 것이었다. 플라밍고 몸을 겨드랑이에 단단히 끼어 고정하고 다리는 아래로 달랑거리게 하는 건 성공했지만, 플라밍고는 대체로 목을 제대로 꼿꼿하게 펴고 있다가도 머리로 고슴도치 공을 치려고 하면, 목을 비틀며 들어 올려 도저히 이해할 수 없다는 표정으로 앨리스의 얼굴을 바라보는 통에 웃음을 터트리지 않을 수 없었다.

앨리스가 플라밍고의 머리를 내리고 다시 치려고 하면, 너무 약 오르게도 때마침 고슴도치가 동그랗게 말고 있던 몸을 펴고 가버렸다. 더 골치 아픈 문제는 고슴도치를 쳐서 보내려고 하는 방향마다 이랑이나 고랑이 있었고, 둘씩 짝지어 있던 병사는 늘 일어나서 경기장의 다른 쪽으로 걸어가버렸다. 그래서 곧 앨리스는 이 경기는 정말로 힘들겠다는 결론에 이르렀다.

경기 중인 선수들은 순서를 기다리지 않고 동시에 경기를 시작했고, 내내 고슴도치를 두고 다툼을 벌였다. 그러자 여왕은 불같이 화를 내고 발을 쿵쿵 구르며 일 분에 한 번씩 "저 남자의 베라!" 혹은 "저 여자의 목을 베라!" 하고 외쳤다.

앨리스는 마음이 조마조마해지기 시작했다. 확실히 아직까지는 여왕의 심기를 건드리지 않았지만 어느 때고 곧 그렇

게 될 거라고 짐작할 수 있었다. '그렇다면 나는 어떻게 될까? 여기 사람들은 머리 베는 걸 엄청나게 좋아하는데. 정말 신기한 건 그래도 살아남은 사람이 있다는 거야!'

앨리스는 빠져나갈 궁리를 하다가 사람들에게 들키지 않고 나가는 게 과연 가능할지 고민해보았다. 그때 공중에 신기한 형체가 나타났다. 처음에는 무언지 몰라서 당혹스러웠으나 잠시 지켜보니 그건 웃고 있는 입이라는 걸 알아챌 수 있었다.

"체셔 고양이구나. 이제 말할 상대가 생겼네."

"잘 지냈니?"

체셔 고양이는 말할 수 있는 입이 생기자마자 앨리스에게 물었다.

앨리스는 고양이 눈이 나타나길 기다렸다가 고개를 끄덕였다.

'지금 말해봤자 소용없지. 귀가 나와야 하잖아. 적어도 하나는 있어야지.'

잠시 후 고양이가 머리를 다 드러내자 앨리스는 플라밍고를 내려놓고 고양이에게 크로케 경기를 설명하기 시작했다. 앨리스는 말을 들어줄 상대가 생겨 뛸 듯이 기뻤다. 고양이는 이제 얼굴이 나왔으니 더는 몸을 드러낼 필요가 없다고 생각하는 듯했다.

"경기가 공정하지 않아."

앨리스는 약간 불만스러운 목소리로 설명하기 시작했다.

"그리고 다들 어찌나 악을 쓰며 싸우는지 내가 무슨 말을 하는지도 모르겠다니까. 딱히 경기 규칙도 없는 거 같아. 하긴 규칙이 있어도 아무도 신경 쓰지 않을 거야. 그리고 경기 도구들이 다 살아 있다는 게 얼마나 혼란스러운지 몰라. 내가 고슴도치 공을 골대로 통과시키려고 하면 골대가 다른 쪽으로 걸어가버린다니까. 조금 전에는 여왕의 고슴도치를 쳐야 했는데 내 고슴도치가 오는 걸 보더니 그냥 도망가버리지 뭐야!"

"여왕은 어떤 거 같아?"

체셔 고양이가 낮은 소리로 물었다.

"정말이지, 여왕 폐하는 너무나……."

바로 그때 앨리스는 여왕이 바로 뒤에 서서 듣고 있다는 걸 눈치챘다. 그래서 이렇게 말했다.

"이기실 거 같아. 그래서 과연 경기를 끝까지 할 필요가 있을까 싶어."

여왕은 씩 웃더니 앨리스 옆을 지나갔다.

"누구와 얘기하는 것이냐?"

왕이 앨리스에게 다가오더니 아주 신기하다는 듯이 고양이 얼굴을 바라보았다.

앨리스가 답했다.

"제 친구예요. 체셔 고양이입니다. 제가 소개해드릴게요."

왕이 말했다.

"생긴 게 전혀 마음에 안 드는구나. 하지만 원한다면 내 손에 입을 맞춰도 좋다."

"그냥 거절하겠어요."

체셔 고양이가 대꾸했다.

"그렇게 무례하게 굴지 마라. 그리고 그런 눈으로 나를 쳐다보지 마!"

왕은 이렇게 말하면서 앨리스 뒤로 몸을 숨겼다.

앨리스가 말했다.

"고양이도 왕을 바라볼 수 있답니다. 제가 어떤 책에서 읽었어요. 하지만 무슨 책인지는 기억나지 않네요."

"음, 저 고양이를 없애버려야겠다."

왕은 단호한 목소리로 이렇게 말하더니 마침 지나가던 여왕을 불렀다.

"여왕! 당신이 이 고양이를 제거해주시오!"

여왕에게 크든 작든 문제를 해결하는 수단은 단 하나였다.

"목을 베라!"

여왕은 돌아보지도 않고 명령했다.

"내가 가서 사형 집행인을 직접 데리고 오겠소."

왕은 진지하게 이렇게 말하고는 서둘러 자리를 떴다.

멀리서 여왕이 길길이 화내는 소리가 들리자 앨리스는 크로케 경기장으로 돌아가 경기가 어떻게 진행되고 있는지 확인해보았다. 자기 차례를 놓친 선수 세 명이 벌써 사형 선고를 받았다는 말이 들려왔다. 앨리스는 자기 차례인지 아닌지 전혀 감을 잡을 수 없을 정도로 엉망진창인 경기가 정말 마음에 들지 않았다.

앨리스는 자신의 고슴도치를 찾으러 발걸음을 옮겼다.

앨리스의 고슴도치는 다른 고슴도치와 몸싸움을 벌이고 있었다. 앨리스는 바로 지금이 다른 고슴도치를 맞출 수 있는 절호의 기회라고 생각했다. 한 가지 문제는 앨리스의 플라밍고가 경기장을 가로질러 반대편으로 가버렸다는 것이었다. 그곳에서 플라밍고는 나무로 올라가려고 부질없이 날개

를 푸드덕거리고 있었다.

앨리스가 플라밍고를 붙잡아 데리고 와보니, 이미 두 고슴도치는 싸움이 끝났는지 사라지고 없었다.

'어차피 상관없어. 이쪽 경기장은 골대도 모두 다 없어졌으니까.'

그래서 앨리스는 플라밍고가 다시는 도망가지 못하게 옆구리에 끼고 고양이와 더 얘기하려고 돌아갔다.

체셔 고양이에게 간 앨리스는 구름같이 모인 군중이 고양이를 둘러싼 걸 보고 깜짝 놀랐다. 사형 집행인과 왕, 여왕이 동시에 떠들며 설전을 벌이는 중이었다. 다른 사람들은 불안한지 입을 꾹 다물고 있었다.

앨리스가 등장하자 세 사람은 앨리스에게 달려들어 이 문제는 자신의 방법으로 해결해야 한다며 목청을 높였다. 하지만 한꺼번에 말하는 통에 도대체 뭐라고 하는지 알아듣기 어려웠다.

사형 집행인은 머리가 붙어 있는 몸이 보이지 않으니 목을 벨 수 없다고 주장했다. 그렇게는 해본 적이 없으니 이번 생에서는 하지 않을 것이라고 했다.

왕은 머리가 있다면 뭐든 목을 벨 수 있으니 그 주장은 말도 안 되는 얘기라고 우겼다.

여왕은 즉시 어떤 행동이라도 실행에 옮기지 않으면 주변에 있는 모든 사람을 처형하겠다고 했다. (여왕의 마지막 말 때문에 모든 사람들은 두려워하고 초조해했다.)

앨리스는 이 말 외에는 할 말이 떠오르지 않았다.

"이건 공작부인 고양이에요. 그러니까 그분에게 물어봐야 합니다."

"공작부인은 감옥에 있다."

여왕이 사형 집행인에게 명령했다.

"가서 여기로 데려와라."

사형 집행인은 화살처럼 달려 나갔다.

사형 집행인이 출발하자 체셔 고양이의 머리는 서서히 사라지기 시작하더니 공작부인을 데리고 돌아왔을 즈음에는 이미 완전히 사라지고 없었다. 그래서 왕과 사형 집행인은 고양이를 찾아 사방으로 뛰어다녔고, 나머지 사람들은 다시 크로케 경기를 시작했다.

09
가짜 거북의 이야기

"너를 다시 보게 되어 얼마나 기쁜지 모르겠구나, 얘야!"

공작부인은 걸어가며 앨리스의 팔에 다정하게 팔짱을 끼었다.

공작부인의 기분이 좋아 보여서 앨리스는 마음이 놓였다. 그리고 부엌에서 만났을 때 공작부인이 그렇게 거칠었던 건 그저 후추 때문일 거라고 짐작했다.

"내가 공작부인이 되면……."

앨리스는 혼자 중얼거렸다. (정말 원한다는 투로 말한 건 아니었다.)

"후추는 절대 부엌에 들이지 말아야지. 수프는 후추를 안 뿌려도 아주 맛있으니까. 사람들이 욱하는 건 언제나 후추 때문인지도 몰라."

앨리스는 새로운 규칙 같은 걸 발견한 거 같아 아주 만족스러웠다.

"그리고 식초는 사람들을 심술궂게 만들고, 카모마일은 사람들이 비꼬는 말을 하게 만들고…, 그리고 보리엿 사탕은 아이들을 착하게 만들어주지. 사람들이 이걸 안다면 보리엿 사탕을 줄 때 그렇게 엄하게 굴지 않을 텐데……."

그때쯤 앨리스는 공작부인을 까맣게 잊고 있다가 공작부인의 목소리가 귀 가까이에서 들리자 약간 당황했다.

"얘야, 다른 생각을 하느라 대답하는 걸 잊었나보구나. 지금 떠오르는 교훈은 없지만 조금 있으면 이 상황에 딱 맞는 게 생각날 거야."

앨리스는 이렇게 대꾸해보았다.

"교훈이 없을 수도 있을 거 같은데요."

공작부인이 혀를 차며 말을 이었다.

"애야! 모든 일에는 교훈이 있단다. 네가 찾아낼 수만 있다면 말이다."

공작부인은 앨리스 쪽으로 몸을 더 바싹 갖다 댔다.

앨리스는 공작부인과 이렇게 붙어 있는 게 그리 달갑지 않았다. 첫 번째 이유는 공작부인이 아주 못생겼기 때문이었다. 두 번째 이유는 공작부인의 턱이 앨리스의 어깨에 올려놓기에 높이가 딱 맞았기 때문이었다. 공작부인의 턱은 불편할 정도로 뾰족했다. 하지만 앨리스는 무례하기 굴기 싫어 최대한 참아보기로 했다.

"경기가 좀 더 제대로 진행되는 거 같네요."

앨리스가 대화를 이어가보려고 말을 꺼냈다.

공작부인이 말했다.

"그렇구나. 이 상황의 교훈은 이거란다. '아, 그건 사랑이야, 사랑. 사랑 때문에 세상은 지금보다 더 잘 돌아갈 거다!'"

앨리스가 작게 말했다.

"누군가 이런 말을 했는데요. '모든 사람이 자기 일에만 신경 쓰면 세상이 더 잘 돌아갈 거'라고요."

"아, 그래! 거의 비슷한 말이란다."

공작부인은 날카롭고 뾰족한 턱을 앨리스의 어깨에 더 들이밀며 이렇게 덧붙였다.

"그리고 이것의 교훈은…, '말의 의미를 잘 살펴라. 그러면 말이 저절로 나오게 될 것이다'란다."

그 말을 듣고 앨리스는 속으로 생각했다.

'공작부인은 모든 일에서 교훈을 찾는 걸 정말 좋아하는구나!'

"너는 내가 왜 네 허리에 팔을 두르지 않는지 궁금하겠지."

공작부인은 잠깐 말을 멈췄다가 입을 열었다.

"왜 그런가 하면, 네 플라밍고의 성질이 어떤지 몰라서 그렇단다. 내가 실험을 해보면 어떨까?"

"플라밍고가 물지도 몰라요."

앨리스는 플라밍고를 실험해보겠다는 말은 전혀 신경 쓰지 않고 진지하게 대답했다.

공작부인이 말했다.

"물론 그럴 수 있지. 플라밍고와 겨자는 다 무니까*. 그리고 이것의 교훈은… '유유상종'이라는 거다."

앨리스가 대꾸했다.

---

* bite는 물다 외에도 얼얼하게 자극하다란 뜻도 가지고 있다.

"다만 겨자는 새가 아니지만요."

"그렇지. 늘 그렇지만 너는 사물을 명확히 구분할 줄 아는 구나!"

"겨자는 아마 제 생각에는, 광물일 거예요."

앨리스가 말했다.

"물론 광물이지."

공작부인은 앨리스가 하는 말이면 무엇이든 동의할 것처럼 대꾸했다.

"여기 근처에 커다란 겨자 광산*이 있단다. 이것의 교훈은… '내 것*이 더 많아질수록, 네 것은 더 적어진다'란다."

앨리스는 공작부인의 마지막 말은 듣지도 않고 있다가 소리쳤다.

"아, 알겠어요! 겨자는 야채에요. 그렇게 안 보이지만 야채 맞아요."

공작부인이 수긍했다.

"네 말이 정확히 맞아. 그리고 이것의 교훈은… '네가 되고 싶은 그대로 되어라' 이지. 더 간단히 말한다면 '네가 무엇이

---

* 광산mine과 내 것mine이 철자와 발음이 같다는 점을 이용한 말장난이다.

었는지 다른 사람에게 다르게 보였을 모습보다 네가 무엇이든 혹은 무엇이었든 다른 사람에게 보이는 모습이라는 거야. 그리고 사람들이 그렇다 해도 너 자신을 다른 사람이라고 절대 상상하지 마라'는 것이지."

앨리스는 예의를 갖춰 말했다.

"제가 그 말을 받아 적었다면 더 잘 이해할 수 있을 텐데요. 하지만 말로 하니까 무슨 말인지 이해가 잘 안 돼요."

"내가 제대로 마음먹고 하는 말에 비하면 아무것도 아니지."

공작부인은 흡족해했다.

앨리스가 말했다.

"그보다 더 길게 말하려고 고민하실 필요는 없어요."

"어머, 고민이라니 그렇지 않단다! 내가 지금껏 말한 모든 교훈을 너에게 선물로 주마."

앨리스는 혼자 생각했다.

'참 값싼 선물이네! 사람들이 그런 걸 생일 선물로 안 줘서 다행이야!'

하지만 그 생각을 입 밖으로 내진 않았다.

"또 생각에 빠져 있니?"

공작부인이 뾰족한 턱을 또 밀어붙이며 물었다.

앨리스는 약간 불편해지기 시작해서 똑부러지게 말했다.

"제게도 생각할 권리는 있으니까요."

공작부인이 말했다.

"그럼, 있지. 돼지는 날아야 할 권리가 있는 것처럼. 그리고 이것의 교……."

하지만 이상하게도 공작부인의 목소리가 작아졌다. 심지어 가장 좋아하는 단어인 '교훈'을 끄집어내는 중이었는데 말이다. 앨리스의 팔에 꼈던 공작부인의 팔이 점점 떨리기 시작했다. 앨리스가 고개를 들자 그들 앞에 여왕이 떡하니 팔짱을 긴 채 천둥번개가 칠 것처럼 얼굴을 붉으락푸르락하고 있었다.

"멋진 날입니다. 여왕 폐하!"

공작부인이 나직한 목소리로 말했다.

여왕은 발을 쿵쿵 구르며 고함쳤다.

"자, 내가 사전 경고를 하겠다. 네가 사라지든지 아니면 네 머리가 사라지든지, 둘 중 하나는 지금 당장 없어져야 해! 선택하라!"

공작부인은 눈 깜짝할 사이에 선택을 하고는 사라졌다.

"경기를 계속하자."

여왕이 앨리스에게 말했다.

앨리스는 너무 무서워서 한 마디도 못 하고 쭈뼛거리며 여왕을 따라 크로케 경기장으로 갔다.

다른 손님들은 여왕이 사라진 틈을 타 그늘에서 쉬고 있었다. 하지만 여왕을 본 순간 허겁지겁 경기를 다시 시작했고 여왕은 잠시라도 지체되면 목숨을 내놓으란 말만 해댔다.

여왕은 경기하는 내내 선수들과 계속 다투면서 "저 남자의 목을 쳐라!" 혹은 "저 여자의 목을 쳐라!"라고 외쳤다. 병사들은 여왕의 선고를 받은 사람을 데려다가 수감하러 가야 했다. 물론 그렇게 하려면 골대 역할을 그만두고 나가야 하니, 30분 정도 지나자 골대는 하나도 남지 않았고 왕과 여왕, 앨리스를 제외한 다른 선수들은 모조리 수감되어 사형 선고를 받았다.

그러자 여왕은 숨을 헐떡이며 경기장을 나와 앨리스에게 물었다.

"가짜 거북이를 본 적이 있느냐?"

"아니요. 가짜 거북이가 뭔지도 모르는걸요."

"가짜 거북이 수프의 재료다."

여왕이 말했다.

"본 적도, 들어본 적도 없습니다."

앨리스가 대답했다.

"어서 가자. 가짜 거북이가 자기의 역사를 너에게 들려줄
거다."

같이 걸어가는 와중에, 앨리스는 왕이 모든 사람에게 나직
하게 속삭이는 말을 들었다.

"너희는 전부 사면되었다."

여왕이 선고한 처형자 숫자에 기분이 우울했던 앨리스는
이 말에 안심하며 중얼거렸다.

"아, 다행이다!"

머지않아 여왕과 앨리스는 햇살을 받으며 깊이 잠들어 있
는 그리핀*을 만났다. (그리핀이 무언지 모르면 다음 그림을
참고하라.) 여왕이 명령을 내렸다.

"일어나, 이 게으른 것아! 이 어린 아가씨를 데려가 가짜
거북이를 보여주고 역사를 듣게 해줘라. 나는 돌아가서 명령
해둔 사형 집행을 처리해야 한다."

• 사자의 몸에 독수리의 머리와 날개를 가졌다고 전해지는 상상의 동물.

그러더니 여왕은 앨리스를 그리핀과 두고 가버렸다. 앨리스는 그리핀의 생김새가 그다지 마음에 들진 않았지만 야만적인 여왕을 따라가느니 차라리 그리핀과 있는 게 훨씬 안전할 거 같아 잠자코 있었다.

그리핀이 일어나 눈을 비볐다. 그리고 여왕이 보이지 않을 때까지 지켜보더니 껄껄 웃음을 터트렸다.

"정말 우습지 말이야!"

그리핀이 반은 혼잣말로 반은 앨리스에게 들으라는 듯 말했다.

"뭐가 우스워요?"

앨리스가 물었다.

그리핀이 대답했다.

"당연히 여왕이지. 전부 혼자 상상하는 거잖아. 사형당하는 사람은 한 명도 없다고. 어서 가자!"

앨리스는 그리핀을 천천히 따라가며 생각했다.

'여기서는 전부 "어서 가자!" 그러네. 내 평생 이렇게 이래라저래라 명령받은 적은 없었어. 절대로!'

조금 걸어가자 멀리서 슬프고 외로운 표정의 가짜 거북이가 작은 바위 끝에 걸터앉아 있는 게 보였다. 가까이 다가가

머지않아 여왕과 앨리스는 햇살을 받으며
깊이 잠들어 있는 그리핀을 만났다.

보니 거북이가 땅이 꺼질 듯이 한숨을 쉬고 있었다. 앨리스
는 거북이가 너무 가여웠다.

"왜 저렇게 슬퍼하죠?"

그리핀에게 묻자 그리핀은 조금 전과 거의 똑같은 말로 대
답했다.

"전부 혼자 상상하는 거야. 가짜 거북이가 슬퍼할 만한 일
은 없단다. 어서 가자!"

둘은 가짜 거북이 앞으로 갔다. 거북이는 눈물이 그득한
눈으로 둘을 바라만 볼 뿐 아무런 말도 하지 않았다.

그리핀이 말했다.

"여기 어린 아가씨를 데려왔다. 네 이야기를 알고 싶어 해.
그렇다고."

거북이의 목소리는 아주 저음에다 왠지 공허했다.

"내가 말해줄게. 앉아. 둘 다. 그리고 내가 얘기를 끝낼 때
까지 한마디도 하지 마."

그래서 둘은 앉았고 한동안 아무도 입을 열지 않았다. 앨
리스는 생각했다.

'얘기를 시작하지도 않는데 어떻게 끝낸다는 거지.'

하지만 꾹 참고 기다렸다.

"한때….."

거북이가 마침내 깊은 한숨을 내쉬며 입을 열었다.

"나는 진짜 거북이였어."

그 말 뒤로 한참이나 말을 하지 않아서 그리핀이 이따금씩 '히약!' 하고 외치는 소리와 거북이가 계속해서 꺽꺽 우는 소리만 들렸다. 하마터면 앨리스는 벌떡 일어나서 "감사합니다. 아주 흥미로운 이야기였어요"라고 말할 뻔했다. 하지만 이야기가 분명히 계속될 거라는 걸 알고 인내심을 가지고 가만히 앉아 있었다.

"우리가 어렸을 때….."

드디어 가짜 거북이가 이야기를 이어갔다. 조금 전보다는 차분한 목소리였지만 여전히 드문드문 훌쩍였다.

"바다에 있는 학교에 다녔단다. 스승님은 늙은 거북이었지. 우리는 육지 거북이*라고 불렀어."

"왜 육지 거북이가 아닌데 육지 거북이라고 불렀어요?"

앨리스가 물었다.

가짜 거북이가 발끈 화를 냈다.

"스승님이 우리를 가르쳤으니까* 그렇게 불렀지. 너는 정말 멍청하구나!"

"그런 단순한 질문을 하다니 창피한 줄 알아라."

그리핀이 덧붙였다. 그리고 둘은 말없이 앉아 가여운 앨리스를 빤히 처다보았다. 앨리스는 땅으로 꺼지는 기분이었다. 이윽고 그리핀이 가짜 거북이를 재촉했다.

"빨리해라, 이 늙은 친구야! 종일 얘기할 거야!"

가짜 거북이는 이야기를 계속했다.

"그래, 우리는 바다에 있는 학교에 갔지. 네가 안 믿을지 몰라도…."

"안 믿는다고 하지 않았어요!"

앨리스가 끼어들었다.

"넌 그랬어."

가짜 거북이가 말했다.

앨리스가 또 끼어들기 전에 그리핀이 당부했다.

"좀 조용히 있어!"

가짜 거북이가 말을 이었다.

"우리는 최고의 교육을 받았지. 사실 우리는 학교에 매일

• 육지 거북이tortoise와 우리를 가르쳤다taught us의 발음이 비슷한 걸 이용한 말
  장난이다.

갔어….”

앨리스가 말했다.

“저도 똑같이 매일 학교에 갔는데요. 그런 거 갖고 그렇게
자랑스러워할 필요 없어요.”

“방과 후 수업도 받았어?”

가짜 거북이는 약간 당황한 듯 물었다.

“물론이죠. 프랑스어랑 음악을 배웠어요.”

“그리면 세탁은?”

가짜 거북이가 물었다.

“그런 건 물론 안 배웠죠!”

앨리스가 못마땅하다는 듯 답했다.

가짜 거북이는 크게 안심했다.

“아! 그렇다면 네가 다닌 학교는 아주 좋은 학교는 아니었
구나. 자, 내가 다녔던 학교는 등록금 고지서 끝에 '프랑스어,
음악, 세탁은 별도*'라고 적혀 있었거든.”

“그런데 바다 밑에서 살면 세탁하는 법을 배울 필요는 없

---

* 당시 일부 학교에서는 학생들의 옷을 세탁해주었고, 등록금 고지서 밑에 세탁
  비를 명시했기 때문에 가짜 거북이는 세탁도 수업의 일부라고 생각한 것이다.

잖아요."

가짜 거북이가 한숨을 쉬었다.

"나는 그것까지 배울 돈은 없었어. 정규 수업만 들었지."

"정규 수업에서 무슨 과목을 배웠는데요?"

앨리스가 물었다.

가짜 거북이가 대답했다.

"당연히 먼저 비틀거리기와 꿈틀거리기를 배웠지. 그리고 산수의 여러 가지 분야를 배우는 거지……. 야망, 방심, 추함 그리고 조롱*을 배운단다."

앨리스가 용기를 내어 물어보았다.

"추함은 들어본 적이 없는데. 그게 뭐예요?"

그리핀은 깜짝 놀라며 두 발을 들더니 크게 외쳤다.

"뭐라고! 추함을 들어본 적이 없다고! 그래도 미화라는 말은 알고 있겠지?"

앨리스는 자신이 없었다.

---

* 비틀거리기reeling는 읽기reading, 꿈틀거리기writhing는 쓰기writing, 야 망ambition은 덧셈addition, 방심distraction은 뺄셈subtraction, 추함uglification은 곱셈multiplication, 조롱derision은 나눗셈division처럼 발음이 비슷한 단어를 활용한 언어 유희다.

"네. 그건… 무언가를… 예쁘게 만든다는 뜻이에요."

그리펀이 말을 이어갔다.

"그래. 그런데 추함이 뭔지 모른다면 너는 진짜 바보 멍청이다."

앨리스는 그것에 대해서는 더 질문할 용기가 나지 않았다. 그래서 가짜 거북이를 돌아보고 물었다.

"또 뭘 배웠어요?"

"음, 수수께끼*도 배웠지."

가짜 거북이가 다리를 퍼덕이며 과목을 세었다.

"고대와 현대의 수수께끼, 바다 지리학도 배우고 느리게 말하기도 배웠지… 느리게 말하기 스승님은 나이 많은 바다 뱀장어였는데 일주일에 한 번 학교에 오셨어. 느리게 말하기**, 쭉 뻗기, 전선에 감겨 기절하기를 가르쳐주셨단다."

"그런 과목은 어땠어요?"

• 수수께끼mystery는 역사history를 발음이 비슷한 단어로 바꾼 언어 유희다.

•• 각각 바다 지리학seaography은 지리학geography, 느리게 말하기drawling는 그리기drawing, 쭉 뻗기stretching는 스케치하기sketching, 전선에 감겨 기절하기fainting in coils는 유화로 그리기painting in oils를 발음이 비슷한 단어로 재밌게 만든 것이다.

앨리스가 물었다.

"그건 내가 직접 보여줄 수 없구나. 난 몸이 너무 뻣뻣하거든. 그리고 그리핀은 배운 적이 없고."

그리핀이 말했다.

"시간이 없었어. 그래도 고전 선생님께는 배웠지. 나이가 지긋한 게였는데."

가짜 거북이가 한숨을 뱉었다.

"나는 그 선생님한테는 배우지 않았어. 웃기와 슬퍼하기*를 가르쳤다고 하던데."

"그러셨지. 그러셨어."

그리핀도 한숨을 내쉬며 말했다. 그러더니 둘은 발로 얼굴을 가렸다.

앨리스가 주제를 바꾸려고 얼른 물어보았다.

"그래서 하루에 수업을 몇 시간 들었어요?"

"첫날은 열 시간이었고, 다음 날은 아홉 시간, 그런 식이었어."

• 웃기Laughing는 라틴어Latin, 슬퍼하기Grief는 그리스어Greek와 발음이 비슷한 단어로 바꾼 언어 유희다.

앨리스는 놀라워했다.

"정말 신기한 시간표네요!"

그리핀이 말했다.

"그러니까 수업*이라고 하지 않니. 하루씩 줄어드니까* 말이다."

이런 시간표는 처음 들어본 터라 앨리스는 다음 질문을 하기 전에 머리를 좀 굴려보았다.

"그러면 열한 번째 날은 분명히 휴일이었겠네요?"

"물론 그랬지."

가짜 거북이가 말했다.

앨리스는 궁금해서 참을 수가 없었다.

"그러면 열두 번째 날에는 어떻게 해요?"

이때 그리핀이 단호한 어투로 대화를 중단시켰다.

"이제 수업 이야기는 충분히 했다. 이제 이 아이에게 놀이 이야기를 해줘."

• 수업lesson과 줄이다lessen가 발음이 같은 점을 이용한 말장난이다.

10
바닷가재의 카드리유

가짜 거북이는 한숨을 길게 내쉬더니 다리 뒤쪽으로 눈을 가렸다. 앨리스를 바라보며 입을 떼려고 했지만 눈물로 목이 메는 듯했다.

"목구멍에 가시가 걸렸나봐."

그리핀이 이렇게 말하더니 가짜 거북이를 흔들고 등을 탁 탁 때리기 시작했다. 그제야 목소리가 돌아온 가짜 거북이는 뺨 위로 눈물을 흘리며 말을 이었다.

"너는 바다 밑에서 살아보진 않았겠구나…."

("안 살아봤어요." 앨리스가 답했다.)

"그러면 바닷가재를 소개받은 적도 없겠구나."

(앨리스는 "한 번 먹어…"라고 말하려다 재빨리 말을 바꿔 "네, 한 번도요"라고 했다.)

"그러면 바닷가재의 카드리유*가 얼마나 유쾌한 춤인지 전혀 모르겠구나!"

"네, 전혀 몰라요. 어떻게 추는 춤인가요?"

그리핀이 설명했다.

"우선, 해안가를 따라 줄을 맞춰 서야지."

가짜 거북이가 외쳤다.

"두 줄로 서야 해! 바다표범, 거북이, 연어 그리고 다른 여러 동물이 모이지. 그런 다음 해파리를 전부 치우면……."

그리핀이 끼어들었다.

"그 일은 보통 시간이 좀 걸려."

"앞으로 두 발 나가고……."

"각각 바닷가재랑 파트너를 하고!"

* 19세기 무렵 프랑스 궁정을 중심으로 전 유럽에서 유행했던 춤.

그리핀이 외쳤다.

가짜 거북이가 반복했다.

"그렇지. 앞으로 두 발 나가고. 파트너를 정하고……."

"바닷가재를 바꾸고, 같은 순서로 돌아가는 거야."

그리핀이 설명을 계속했다.

"그런 다음에는, 던져야지……."

가짜 거북이가 이어갔다.

"바닷가재를!"

그리핀이 공중으로 펄쩍 뛰며 외쳤다.

"최대한 바다 저 멀리로……."

"그리고 바닷가재를 뒤쫓아 수영해야지!"

그리핀이 소리 질렀다.

"바다에서 공중제비를 돌면서!"

가짜 거북이가 힘차게 껑충거렸다.

"다시 바닷가재 파트너를 바꾸는 거야!"

그리핀이 있는 힘껏 외쳤다.

"해안가로 돌아가면, 첫 피겨*가 끝나는 거란다."

* 두 가지 이상의 스텝을 일정하게 짠 춤의 단위.

가짜 거북이는 갑자기 목소리에 힘을 잃은 듯했다. 설명하는 내내 미친 동물처럼 이리저리 뛰어다니던 두 동물은 슬픔에 잠겨 조용히 앉아 앨리스를 바라봤다.

"아주 예쁜 춤인 거 같은데요."

앨리스는 말하기가 조심스러웠다.

가짜 거북이가 물었다.

"춤추는 거 조금 보여줄까?"

"네, 정말 보고 싶어요."

앨리스가 말했다.

가짜 거북이가 그리핀에게 제안했다.

"자, 첫 피겨를 해보자! 바닷가재 없이도 할 수 있잖아. 노래는 누가 할까?"

그리핀이 대답했다.

"노래는 네가 해. 나는 가사를 잊어버렸어."

그래서 둘은 장엄한 분위기 속에서 앨리스 주변을 빙글빙글 돌며 춤을 추기 시작했고 때로 너무 바짝 지나서 앨리스의 발을 밟기도 했다. 가짜 거북이가 아주 느리고 슬픈 노래를 부르는 동안 둘은 앞다리를 흔들며 박자를 맞췄다.

대구가 달팽이에게 말하네. "좀 더 빨리 걷겠니?"

우리 바로 뒤에 돌고래가 있어. 내 꼬리를 바짝 쫓고 있다네.

바닷가재와 거북이들이 얼마나 열심히 헤엄치니!

자갈 깔린 해변에서 기다리는구나. 너도 함께 춤추지 않겠니?

출래, 안 출래, 출래, 안 출래, 함께 춤을 추겠니?

출래, 안 출래, 출래, 안 출래, 함께 춤추지 않겠니?

"얼마나 유쾌한지 넌 정말 모를 거야.

그들이 우리를 들어 바닷가재와 함께 던지면, 바다 멀리!"

하지만 달팽이가 미심쩍은 눈으로 대답하네.

"너무 멀어, 너무 멀어!"

대구에게 다정히 고맙다 말하지만 함께 춤을 추진 않는구나.

안 출 거야. 출 수 없어. 안 출 거야. 출 수 없어.

안 출 거야. 출 수 없어. 안 출 거야. 출 수 없어.

비늘 덮인 친구가 대답하네.

"우리가 멀리 가도 괜찮겠지?"

다른 해변도 있잖아. 그러니까 다른 쪽으로 가자고 하네.

영국에서 멀고 프랑스에 가까운 쪽이지.

그러니 무서워 마, 사랑스러운 달팽이야.

와서 함께 춤을 추겠니.

출래, 안 출래, 출래, 안 출래, 함께 춤추지 않겠니?

출래, 안 출래, 출래, 안 출래, 함께 춤추지 않겠니?

마침내 춤이 끝나자 앨리스는 안도의 한숨을 내쉬었다.

"고마워요. 정말 흥미로운 춤이었어요. 그리고 특히 대구를 노래한 부분이 신기하고 마음에 들었어요!"

가짜 거북이가 말했다.

"아, 대구는 말이지. 대구, 물론 너는 대구를 봤겠지?"

앨리스가 대답했다.

"그럼요. 봤죠. 저녁 식…."

앨리스는 황급히 말을 멈췄다.

가짜 거북이가 말했다.

"저녁 식이 어딘지는 모르겠지만 네가 그렇게 자주 봤다면 대구가 어떻게 생겼는지 잘 알겠구나."

앨리스는 기억을 떠올려보았다.

"그렇죠. 대구는 꼬리를 입에 물고 있고, 온통 빵가루투성 이었어요."

가짜 거북이가 말했다.

"빵가루가 있다는 말은 틀렸는데. 바다 속에 들어가면 빵가루는 다 씻겨 나가니까. 하지만 꼬리를 입으로 물고 있는 건 맞아. 왜냐하면……."

가짜 거북이는 이제 하품을 하고 눈을 감았다.

"얘한테 이유라든지 뭐 그런 것 좀 설명해줘봐."

거북이가 그리핀에게 말했다.

그리핀이 입을 열었다.

"그 이유는 말이야. 바닷가재랑 춤추고 싶기 때문이지. 그래서 바다로 던져진 거거든. 그러니까 바다 멀리 떨어져야 했지. 그래서 꼬리를 입에 단단히 물고 있는 거야. 그러니까 입이 꼬리를 놓지 못하게 하려고. 그게 다야."

앨리스가 말했다.

"알려주셔서 감사해요. 아주 흥미롭네요. 대구에 대해 잘 몰랐었어요."

그리핀이 말했다.

"네가 원한다면 더 가르쳐줄 수도 있어. 왜 대구*를 대구라고 하는지 아니?"

"한번도 생각해보지 않았는데요. 왜 그런 거예요?"

앨리스가 물었다.

"그게 부츠랑 신발을 하얗게[*] 하잖아."

그리핀이 진지한 목소리로 대답했다.

앨리스는 너무나 어리둥절했다.

"부츠랑 신발을 하얗게 만든다고요?"

앨리스는 이해가 안 돼서 같은 말만 되풀이했다.

그리핀이 물었다.

"그럼, 너는 네 신발을 뭐로 만드는데? 그러니까 내 말은, 뭐로 그렇게 반짝반짝하게 만드는데?"

앨리스는 자기 신발을 내려다보고 잠시 생각한 뒤 답했다.

"아마, 검정 구두약[**]으로 할 거예요."

그리핀이 목소리를 나직이 깔았다.

"바다 밑에서 부츠랑 신발은 대구로 한단다. 이제 알겠지."

"부츠랑 신발은 뭐로 만드는데요?"

앨리스는 너무 궁금했다.

그리핀이 약간 신경질을 냈다.

---

[*] whiting은 대구, 하얗게 만든다는 두 가지 의미가 있다.
[**] blacking은 검정 구두약, 검게 만들기라는 두 가지 의미가 있다.

"당연히 서대기*랑 장어*로 만들지. 이런 건 새우라도 알려 줄 수 있겠다."

앨리스의 머릿속에는 아직도 노래가 맴돌고 있었다.

"제가 만약 대구라면 돌고래에게 '제발 떨어져. 우리는 너희랑 같이 있기 싫어!'라고 말하겠어요."

가짜 거북이가 말했다.

"대구는 어쩔 수 없이 돌고래와 같이 다녀야 한단다. 현명한 물고기라면 돌고래 없이는 아무 데도 안 가려고 할 거야."

"정말 아무 데도 안 가려고 하나요?"

앨리스는 깜짝 놀랐다.

가짜 거북이가 말했다.

"당연히 안 가지. 어떤 물고기가 나한테 와서 여행을 떠난다고 말한다면, 나는 '어떤 돌고래**랑 가는데?'라고 물어볼 거야."

"진심은 '목적**이 뭔데'라고 물으려는 거 아니에요?"

* Sole은 서대기 외에 신발 밑창이란 의미도 가지고 있다. 장어eel는 신발 굽heel과 발음이 비슷한 걸 이용한 말장난이다.
** 돌고래porpoise와 목적purpose의 발음이 비슷한 걸 이용한 말장난이다.

앨리스가 물었다.

"나는 내 진심을 말한 거야."

가짜 거북이는 기분이 상한 듯했다. 그때 그리핀이 나서서
말했다.

"자, 이제 너의 모험 이야기 좀 들려줘."

앨리스는 잠시 머뭇거리며 말했다.

"제 모험은 오늘 아침에 시작됐다고 할 수 있죠. 하지만 어
제 이야기를 할 필요는 없어요. 왜냐하면 어제의 나와 지금
의 나는 다르거든요."

"전부 자세히 설명해봐."

가짜 거북이가 말했다.

그리핀이 다급히 끼어들었다.

"아니야, 아니야! 모험 이야기를 먼저 해. 설명하려면 시간
이 엄청나게 오래 걸린단 말이야."

그래서 앨리스는 시계 토끼를 처음 본 순간부터 시작된 자
신의 모험 이야기를 펼쳐놓았다. 두 동물이 어찌나 앨리스
양쪽에 바짝 붙어 눈과 입을 헤벌쭉 벌리고 듣는지 처음에는
약간 긴장했다. 하지만 이야기를 하면 할수록 자신감이 생겼
다. 두 청중은 앨리스가「아버지 윌리엄, 당신은 늙었습니다」

를 애벌레에게 낭송하는 부분까지는 한마디도 하지 않고 가만있었다. 하지만 단어가 모조리 틀리게 튀어나오자 가짜 거북이가 한숨을 길게 뱉으며 말했다.

"그거 정말 신기하다!"

그리핀도 맞장구를 쳤다.

"정말로 신기하네."

가짜 거북이는 생각에 잠긴 듯 말했다.

"단어를 전부 다르게 말했어! 이 애가 다른 걸 외워봤으면 좋겠는데. 시작하라고 해봐."

가짜 거북이는 마치 그리핀이 앨리스에게 명령할 수 있는 권한을 가진 것처럼 그리핀을 쳐다보았다.

그리핀이 말했다.

"일어서서 「이건 게으름뱅이의 목소리야」를 외어봐."

'이 동물들은 왜 이렇게 나한테 걸핏하면 명령을 내리고 시를 외우라는 거야! 차라리 당장 학교에 가는 게 낫겠어.' 앨리스는 이렇게 생각하면서도 잠자코 일어나 시를 외우기 시작했다. 하지만 앨리스의 머릿속은 바닷가재의 카드리유 생각으로 꽉 차 있어서 자기가 무슨 말을 하는지도 모를 지경이었다. 그래서 엉뚱한 단어들이 튀어나왔다.

이건 바닷가재의 목소리야. 큰 소리로 말했지.

"나를 너무 바싹 구웠어. 내 더듬이에 설탕을 입혀야 한다네."

오리가 눈꺼풀로 하듯, 바닷가재는 코로

허리띠와 단추를 정돈하고 발가락을 바깥으로 뻗네.

모래가 모두 마르면 바닷가재는 종달새처럼 기쁘게

상어처럼 거들먹거리며 말한다네.

하지만 밀물이 들어오고 상어가 등장하니

바닷가재는 두려워 벌벌 떠는 목소리로 말한다네.

"내가 어릴 때 외웠던 시랑 다른데."

그리핀이 말했다.

"음, 나는 들어본 적이 없어. 하지만 말도 안 되는 헛소리
같은데."

가짜 거북이가 말했다.

앨리스는 아무 말 없이 그저 다시 주저앉아 얼굴을 손으로
감싸고, 앞으로 무슨 일이 일어나든, 과연 정상적인 방식으로
일어날 수 있을까 생각했다.

가짜 거북이가 말했다.

"그 시가 무슨 뜻인지 설명해줬으면 좋겠어."

그리핀이 서둘러 말했다.

"쟤는 설명 못 해. 다음 연을 외워봐."

가짜 거북이가 물고 늘어졌다.

"하지만 바닷가재의 발가락이라니? 도대체 어떻게 코로 발가락을 뻗게 하냐고?"

앨리스가 답했다.

"그게 춤의 첫 동작이에요."

하지만 앨리스는 시 전체가 너무 이상해진 것 같아 다른 이야기를 하고 싶었다.

그리핀이 똑같은 말로 재촉했다.

"다음 연을 외워봐. '나는 그의 정원을 지나갔네'로 시작되잖아."

앨리스는 전부 틀리게 외울 게 뻔했지만 감히 싫다고 할 수 없어 떨리는 목소리로 계속 외웠다.

나는 그의 정원을 지나가며 한 눈으로 목격했지.

올빼미와 표범이 어떻게 파이를 나누는지.

표범은 파이 크러스트, 소스, 고기를 가졌네.

올빼미는 자기 몫으로 접시를 챙겼네.

파이를 다 먹었을 때, 올빼미는 특혜로

숟가락을 주머니에 넣어도 된다는 허락을 받았고

표범은 으르렁거리며 칼과 포크를 받았다네.

그리고 연회는 막을 내렸는데…

가짜 거북이가 끼어들었다.

"네가 외우면서 설명도 못 하는데 이런 시를 외워봤자 뭐

해. 지금껏 들은 시 중 제일 이해가 안 가는 시다!"

그리핀도 거들었다.

"그래, 내 생각에도 그만두는 게 좋겠다."

그 말을 들은 앨리스는 뛸 듯이 기쁘기만 했다.

그리핀이 제안했다.

"우리 바닷가재 카드리유 다른 피겨를 춰볼까? 아니면 가

짜 거북이가 노래하는 거 들을래?"

"아, 노래해주세요. 제발요. 가짜 거북이가 불러주면 좋겠

어요."

앨리스가 간절히 가짜 거북이의 노래를 청하자 그리핀은

약간 기분이 상했다.

"흠! 취향이 별로구나! 이 애한테 '거북이 수프' 노래 불러

주지 그러니, 친구야?"

가짜 거북이는 땅이 꺼져라 한숨을 쉬고, 가끔 훌쩍이느라 목이 잠기면서도 노래를 불렀다.

아름다운 수프, 진한 맛의 초록색이라네.

뜨끈한 그릇에 푼다네!

이런 진미를 그 누가 마다할까?

저녁에 먹는 수프, 맛 좋은 수프!

저녁에 먹는 수프, 맛 좋은 수프!

마아앗있는 수우우프!

마아앗있는 수우우프!

저어어녁에 먹는 수우우프,

맛있는, 맛있는 수프!

맛있는 수프! 누가 생선을 찾을까.

사냥한 고기 아니면 다른 음식을 먹을까.

두 푼짜리 음식에 누구라도 가진 걸 전부 내놓지.

이렇게 맛있는 수프가 겨우 이 가격이라니?

이렇게 맛있는 수프가 겨우 이 가격이라니?

마아앗있는 수우우프!

마아앗있는 수우우프!

저어어녁에 먹는 수우우프,

맛있는, 맛있는 수프!

"다시 후렴!"

그리핀이 외치자 가짜 거북이는 또 외우기 시작했다. 그때 "재판을 시작한다!" 하는 소리가 멀리서 들려왔다.

"어서 가자!"

그리핀이 크게 소리치더니 노래가 끝나길 기다리지도 않고 앨리스 손을 이끌고 서둘러 걸었다.

"무슨 재판인데요?"

앨리스는 달리느라 숨이 찼다. 하지만 그리핀은 "서둘러!" 라고만 말하며 더 빨리 달렸다. 그들을 따라 바람에 실려 온 슬픈 노랫가락이 점점 더 아련하게 들려왔다.

저어어녁에 먹는 수우우프,

맛있는, 맛있는 수프!

11
누가 타르트를 훔쳤나

앨리스와 그리핀이 도착했을 땐 하트 왕과 여왕은 왕좌에 앉아 있었고 모든 종류의 카드는 물론 작은 새와 동물들이 구름처럼 모여 있었다. 그들 앞으로는 하트 잭이 쇠사슬에 묶인 채 양옆으로 병사들의 감시를 받고 있었다. 왕 옆에는 시계 토끼가 한 손에 트럼펫을, 한 손에 양피지 두루마리를 들고 있는 게 보였다. 법정 한가운데 있는 탁자에는 커다란 접시 위에 타르트가 놓여 있었다. 타르트가 어찌나 먹음직스러워 보이는지 앨리스는 보기만 해도 침이 꿀꺽 넘어갔다.

'재판이 얼른 끝났으면 좋겠다. 그리고 간식을 나눠줬으면!'

하지만 그럴 가능성은 없어 보였으므로 앨리스는 시간을 흘려보낼 셈으로 사방을 둘러보기 시작했다.

앨리스는 법원에 가보지는 않았지만 책을 읽었기 때문에 법률 용어를 거의 다 알고 있다는 걸 깨닫고 뿌듯해졌다.

"저 사람이 판사야. 커다란 가발을 쓰고 있으니까."

그나저나 판사는 왕이었다. 가발 위로 왕관을 쓰고 있었는데 (어떤 모양새인지 알고 싶다면 뒤의 그림을 참고하라.) 왕관을 매우 불편해하는 듯했고 전혀 어울리지도 않았다.

앨리스는 계속 단어를 생각했다. '저기가 배심원석이야. 그리고 저기 열두 생물이 있네.' (앨리스는 일부러 '생물'이라고 했다. 왜냐면 일부는 네 발 동물이고 일부는 새들이었기 때문이다.)

"아무래도 배심원들이겠지."

앨리스는 또래 여자아이 중 이런 단어의 의미를 아는 아이는 극히 드물다는 생각에 자못 자랑스럽다는 듯 마지막 단어를 두세 번 되뇌었다. 하지만 '배심원단'이라는 단어를 사용해도 됐을 것이다.

열두 마리의 배심원은 모두 석판에 무언가를 분주히 적고 있었다. 앨리스가 그리핀에게 속삭였다.

"다들 뭘 쓰고 있는 거예요? 재판 시작 전이라 아직 받아 적을 말도 없잖아요."

그리핀이 귓속말을 했다.

"자기 이름을 쓰고 있는 거야. 재판이 끝나기 전에 이름을 까먹을까봐."

"바보들이네요!"

앨리스는 말도 안 된다는 생각이 들어 소리 질렀지만 시계 토끼가 "법정 내 정숙!" 하고 외치자 얼른 입을 다물었다. 그리고 왕은 안경을 쓰더니 누가 떠드는지 알아내려고 주위를 유심히 살폈다.

앨리스는 마치 배심원들의 어깨 너머로 석판을 보는 것처럼 그들이 '바보들이네요'를 적고 있는 걸 알아챘다. 그들 중 하나는 '바보'의 철자를 몰라서 옆에 있는 배심원에게 가르쳐달라고 하는 모습도 보였다. 앨리스는 생각했다.

'재판이 끝나기도 전에 석판이 엉망이 되겠구나!'

배심원 중 하나는 쓸 때마다 '끼이익' 하고 긁는 소리를 내는 연필을 갖고 있었다. 당연히 이 소리를 참을 수 없었던 앨리스는 법정을 빙 돌아 배심원 뒤로 갔고, 곧 기회를 포착해 연필을 획 빼앗았다. 앨리스의 동작이 어찌나 날렸던지 가여운 조그만 배심원은 (도마뱀 빌이었다.) 무슨 일이 일어난 건지 영문도 모른 채 있었다. 그래서 사방으로 연필을 찾아 헤매더니 포기하고 손가락으로 글씨를 써 내려갔다. 물론 손가락으로는 석판에 글씨를 쓸 수 없으니 아무런 의미가 없는 일이었다.

"전령은 고소장을 읽으시오!"

왕이 말했다.

그러자 시계 토끼가 트럼펫을 세 번 분 다음, 양피지 두루마리를 펼치고 읽어 내려갔다.

하트 여왕이 타르트를 만들었다.
여름 내내 만들었다네.
하트 잭이 그 타르트를 훔쳤다.
그리고 모조리 가져가버렸다네!

왕이 배심원들에게 명령했다.

"평결을 내리시오."

시계 토끼가 황급히 나섰다.

"아직 아닙니다. 아직 아니에요! 그 전에 할 일이 많습니다!"

왕이 말했다.

"첫 번째 증인을 불러라."

시계 토끼가 트럼펫을 세 번 불고 외쳤다.

"첫 번째 증인!"

첫 번째 증인으로 모자 장수가 등장했다. 모자 장수는 한 손에는 찻잔을 다른 손에는 버터를 바른 빵을 든 채 법정으로 들어왔다.

"실례합니다. 왕이시여. 이런 걸 가져와서 죄송합니다. 하지만 부름을 받았을 때 차를 다 마시지 못해서요."

왕이 말했다.

"다 마시고 왔어야지. 언제 마시기 시작했는데 그러고 있는 것이냐?"

모자 장수는 3월 토끼를 바라보았다. 3월 토끼는 겨울잠쥐와 팔짱을 끼고 법정으로 따라 들어왔다.

겨울잠쥐가 중얼거렸다.

"내 생각에는 3월 14일이었던 거 같아."

3월 토끼가 말했다.

"15일"

겨울잠쥐가 말을 바꿨다.

"16일"

왕이 배심원들에게 말했다.

"이 말을 받아 적어라."

배심원들은 이 세 날짜를 석판에 열심히 받아 적은 다음 모두 더해서 실링과 펜스로 환산했다.

왕이 모자 장수에게 명령했다.

"네 모자를 벗어라."

모자 장수가 답했다.

"제 모자가 아닌데요."

"훔친 것이냐!"

왕이 소리치며 배심원들을 돌아보자 그들은 곧장 그 사실을 기록했다.

모자 장수가 설명했다.

"저는 모자를 팔려고 두는 겁니다. 전부 다 제 것이 아닙니다. 저는 모자 장수입니다."

이때 여왕이 안경을 쓰더니 모자 장수를 노려보기 시작했다. 모자 장수는 얼굴이 창백해지면서 안절부절 어쩔 줄 몰

라 했다.

왕이 말했다.

"증거를 대라. 그리고 떨지 마라. 안 그러면 이 자리에서 처형시키겠다."

이 말은 증인에게 큰 용기를 불어넣지 못했다. 모자 장수는 발을 이쪽저쪽 번갈아 디디면서 불안한 눈빛으로 여왕을 쳐다보았다. 너무 무서워 당황한 모자 장수는 버터를 바른 빵 대신 찻잔을 크게 콱 깨물었다.

바로 이때 앨리스는 굉장히 이상한 기분이 들었다. 왜 그런지 알 수 없어 한참을 어리둥절해하다가 마침내 그 이유를 깨달았다. 몸이 다시 커지기 시작한 거였다. 앨리스는 처음에는 일어나서 법정을 나가려고 했지만 다시 생각해보니 공간만 괜찮다면 계속 있어도 좋을 것 같았다.

앨리스 옆에 앉아 있던 겨울잠쥐가 투덜거렸다.

"그렇게 밀지 않았으면 좋겠구나. 숨도 못 쉬겠어."

앨리스는 차분하게 설명했다.

"나도 어쩔 수 없어요. 내가 지금 커지고 있거든요."

겨울잠쥐가 말했다.

"네가 여기서 자랄 권리는 없어."

앨리스가 더 용기를 내어 말했다.

"말도 안 되는 소리 하지 마세요. 당신도 자라고 있는 중이 잖아요."

겨울잠쥐가 응수했다.

"그렇지. 하지만 나는 적당한 속도로 자란단 말이야. 너처럼 말도 안 되게 자라지는 않아."

그리고 못마땅하다는 듯 일어나더니 법정 반대편으로 가로질러 갔다.

이러는 동안 여왕은 모자 장수를 뚫어지게 쳐다보고 있다가 겨울잠쥐가 법정을 가로질러 가는 순간, 법원 경찰을 불렀다.

"지난 콘서트에서 노래했던 사람들 명단을 가져와라!"

이 명령이 떨어지자 불쌍한 모자 장수는 어찌나 심하게 떨었는지 신발 두 짝이 날아가버렸다.

왕이 화를 냈다.

"증거를 대라. 증거를 대지 않는다면 네가 떨든 말든 처형해버리겠다."

"왕이시여, 저는 불쌍한 사람입니다."

모자 장수가 떨리는 목소리로 간청하기 시작했다.

"그리고 저는 일주일 정도 차를 마시려고 준비만 했으며… 버터를 바른 빵은 이제 너무 말라서, 그리고 차의 반짝이는*……."

왕이 물었다.

"뭐가 반짝인다는 거냐?"

모자 장수가 대답했다.

"티*로 시작하는 겁니다."

왕이 날카롭게 말했다.

"당연히 반짝인다는 말은 티*로 시작하지! 내가 머저리인 줄 아느냐? 계속 하라!"

모자 장수가 말을 이었다.

"저는 불쌍한 사람입니다. 그 다음에는 대부분 다 반짝였다고… 3월 토끼가 분명히 말했고……."

3월 토끼가 부랴부랴 끼어들었다.

"난 그렇게 말하지 않았어!"

모자 장수가 우겼다.

• 반짝이는twinkling이 T로 시작한다. 모자 장수는 차를 뜻하는 티tea를 말했고 왕은 알파벳 티T를 말했다. 발음이 똑같은 점을 이용한 말장난이다.

"그렇게 말했어!"

3월 토끼가 소리쳤다.

"나는 부인하겠어!"

왕이 말했다.

"3월 토끼가 부인한다. 그 얘기는 빼라."

"어쨌든, 겨울잠쥐는 말했습니다."

모자 장수는 겨울잠쥐도 인정하지 않을까봐 눈을 데굴데굴 굴리며 설명을 이어갔다. 하지만 겨울잠쥐는 쿨쿨 자고 있어서 아무것도 부인하지 않았다.

모자 장수는 계속 말했다.

"그 다음에는 제가 버터를 바른 빵을 더 자르고……."

배심원 중 하나가 물었다.

"하지만 겨울잠쥐가 뭐라고 말했습니까?"

모자 장수가 털어놓았다.

"그건 기억나지 않습니다."

왕이 말했다.

"기억해내야 한다. 아니면 너를 처형하겠다."

가여운 모자 장수는 찻잔과 빵을 떨어뜨리고는 한쪽 무릎을 꿇었다.

"저는 불쌍한 사람입니다. 왕이시여."

왕이 말했다.

"너는 말솜씨가 참 형편없구나."

그때 기니피그 한 마리가 환호성을 질렀고 법원 경찰들이 즉각 진압했다. ('진압'은 다소 어려운 단어이므로 어떻게 된 건지 정확히 설명하겠다. 법원 경찰들은 입구를 끈으로 조이는 커다란 천 가방에 기니피그의 머리부터 먼저 밀어 넣은 다음 깔고 앉았다.)

앨리스는 이런 생각이 들었다.

'저 장면을 드디어 보게 되는구나. 재판 끝에 저렇게 되었다는 글을 신문에서 자주 읽었는데. '손뼉을 치려고 했지만 법원 경찰에 의해 즉각 진압되었다'라고 나왔었지. 지금까지 그게 진짜 무슨 말인지 몰랐었네.'

왕이 계속해서 말했다.

"만약 그게 네가 아는 전부라면, 아래로 내려가도 좋다."

모자 장수가 말했다.

"더는 아래로 갈 수 없는데요. 저는 말 그대로 바닥에 있습니다."

왕이 답했다.

"그러면 앉아도 좋다."

그때 다른 기니피그가 환호성을 질렀고 또 진압되었다.

앨리스는 생각했다.

'자, 기니피그들은 다 처리됐어! 이제 재판이 더 부드럽게 진행되겠구나.'

모자 장수가 명단을 읽고 있던 여왕을 초조하게 바라보며 말했다.

"저는 이제 제 차를 마저 마시러 가고 싶은데요."

"그럼 가도 좋다."

왕의 말이 끝나기가 무섭게 모자 장수는 신발도 신지 않고 법정을 빠져나갔다.

"… 그리고 밖에서 저 놈의 머리를 베라."

여왕이 법원 경찰에게 명령했다. 하지만 모자 장수는 경찰이 문에 도착하기도 전에 이미 사라져 보이지 않았다.

왕이 명령했다.

"다음 증인을 불러라!"

다음 증인은 공작부인의 요리사였다. 요리사는 손에 후추 통을 갖고 왔다. 앨리스는 문 옆에 있는 사람들이 갑자기 재채기를 연거푸 하는 걸 보고 요리사가 법정에 들어오기도 전

에 이미 누구인지 짐작할 수 있었다.

왕이 말했다.

"증거를 대라."

요리사가 말했다.

"할 수 없습니다."

왕이 불안한 눈길로 시계 토끼를 쳐다보자 토끼가 낮은 목소리로 말했다.

"왕께서 증인을 더 엄하게 심문하셔야 합니다."

"음, 그래야 한다면 그렇게 해야지."

의기소침해진 왕은 팔짱을 끼고 눈이 거의 보이지도 않을 정도로 인상을 찌푸린 다음, 엄하게 이렇게 물었다.

"타르트는 무엇으로 만드느냐?"

요리사가 말했다.

"거의 후추죠."

순간 요리사 뒤에서 졸린 듯한 목소리가 들려왔다.

"당밀이요."

여왕이 악을 썼다.

"겨울잠쥐를 잡아라. 겨울잠쥐의 목을 베라! 법정 밖으로 쫓아내라! 진압하라! 체포하라! 수염을 잘라라!"

겨울잠쥐를 쫓아내느라 법정 전체가 한동안 혼란에 빠졌다. 소란이 잦아들고 나니, 요리사는 이미 사라지고 흔적도 없었다.

왕은 크게 안심한 듯했다.

"신경 쓰지 마라! 다음 증인을 불러라."

그리고 왕은 여왕에게 조용히 속삭였다.

"정말이지, 여왕. 이제 당신이 다음 증인을 엄하게 심문하시구려. 나는 머리가 너무 아픕니다!"

앨리스는 시계 토끼가 목록을 만지작거리는 걸 지켜봤다. 다음 증인은 도대체 누구인지 궁금해졌다.

앨리스는 혼잣말했다.

"지금까지 나온 증인들은 증거다운 증거를 내놓지 못했으니까."

그 순간 시계 토끼가 목청을 높여 날카롭게 "앨리스!" 하고 외쳤을 때 앨리스가 얼마나 놀랐을지 상상해보라.

12
앨리스의 증언

"네, 여기 있어요!"

앨리스는 순간 너무 당황해서 지난 몇 분간 자기 몸이 얼마나 커졌는지 까맣게 잊은 채 큰 목소리로 대답했다. 어찌나 서둘러 일어났는지 치마 끝으로 배심원석을 건드려 엎었고, 배심원들은 사람들 머리 위로 휭 날아가 큰 대자로 뻗고 말았다. 앨리스는 이 장면이 일주일 전에 실수로 금붕어 어항을 엎질렀던 때와 정말 비슷하다고 생각했다.

"아, 죄송합니다!"

가슴이 철렁해진 앨리스는 큰 소리로 사과하며 배심원들을 최대한 빨리 들어 올리기 시작했다. 머릿속에서 금붕어 사건이 떠나지 않아 배심원들을 즉시 데려다 제자리에 앉히지 않으면 죽을 것 같다는 생각이 얼핏 들었다.

"모든 배심원단이 똑바로 제자리에 돌아갈 때까지는 재판을 진행할 수 없다. 한 명도 빠짐없이."

왕은 심각한 목소리로 힘주어 강조하면서 앨리스를 뚫어져라 쳐다보았다.

앨리스가 배심원석을 돌아보니 서두르는 와중에 도마뱀을 거꾸로 놓았다는 걸 알아차렸다. 가여운 작은 도마뱀은 도저히 움직일 수가 없어 안타깝게 꼬리만 흔들고 있었다. 앨리스는 얼른 도마뱀을 들어서 똑바로 앉히며 중얼거렸다.

"과연 제대로 앉히는 게 큰 의미가 있을까. 거꾸로 있든 바로 있든 재판과는 아무런 상관도 없을 거 같은데."

배심원들은 배심원석이 뒤집어졌던 충격이 어느 정도 가시고 석판과 연필을 찾아 다시 손에 들자마자, 사건을 열심히 기록하기 시작했다. 단 도마뱀은 충격이 너무나 컸는지 입을 헤벌리고 앉아 법정 지붕만 멍하니 바라봤다.

왕이 앨리스에게 물었다.

"이 사건에 대해 아는 게 무엇이냐?"

앨리스가 답했다.

"아무것도 모릅니다."

"아는 게 없다?"

"아무것도 없습니다."

왕이 배심원을 돌아보며 말했다.

"그거 정말 중요하구나."

배심원들이 석판에 적어 내려가기 시작하는데 시계 토끼가 끼어들었다.

"중요하지 않다. 왕께서 하시려는 말씀은 그게 중요하지 않다는 말이다."

토끼는 아주 공손한 목소리로 말했지만 왕을 향해 이맛살을 찌푸렸다.

왕은 다급히 말했다.

"물론 중요하지 않다. 그 뜻이었다."

그러고는 낮은 목소리로 중얼거렸다.

"중요하지 않다……, 중요하다……, 중요하지 않다……, 중요하다."

왕은 마치 어떤 단어의 소리가 적합한지 알아보려는 듯했다.

그래서 어떤 배심원은 '중요하다'라고 쓰고 다른 배심원은 '중요하지 않다'라고 썼다. 앨리스는 배심원의 석판을 건너다볼 수 있을 정도로 가까이 가서 읽어보고는 생각했다.

'이렇게 적든 저렇게 적든 달라지는 건 하나도 없을 거야.'

이때 한동안 자기 노트에 무언가를 열심히 쓰고 있던 왕이 크게 소리쳤다.

"정숙!"

그러고는 노트를 읽었다.

"규칙 제 42조. 키가 1,600미터 이상인 사람은 누구라도 법정에서 나가야 한다."

모든 사람의 시선이 앨리스에게 꽂혔다.

앨리스가 말했다.

"제 키는 1,600미터가 아닌데요."

왕이 말했다.

"맞다."

여왕이 덧붙였다.

"거의 3,200미터이다."

"음, 어쨌든 전 나가지 않을 거예요. 게다가 기본 조항도 아니고 방금 만들어낸 거잖아요."

왕이 맞받아쳤다.

"법률집에서 가장 오래된 조항이다."

"그렇다면 규칙 제 1조여야죠."

앨리스가 지지 않고 말했다.

왕은 얼굴이 창백해지더니 노트를 부랴부랴 덮고 떨리는 목소리로 조용히 배심원에게 말했다.

"평결을 내려라."

"왕이시여, 증거가 아직 더 있습니다."

시계 토끼가 폴짝 뛰며 빠르게 말했다.

"이 종이를 방금 주었습니다."

"뭐라고 쓰여 있느냐?"

여왕이 물었다.

시계 토끼가 대답했다.

"아직 열어보지 않았습니다. 하지만 누군가 보내는 편지로 짐작됩니다. 그러니까 누군가에게요."

왕이 말했다.

"틀림없이 그럴 거다. 그렇지 않다면 아무에게도 쓰이지

않은 거 아니냐. 그건 드문 일이지."

"누구에게 보낸 편지입니까?"

배심원 하나가 물었다.

시계 토끼가 대답했다.

"받는 사람이 안 적혀 있습니다. 사실 겉에 아무것도 쓰여 있지 않아요."

토끼는 이렇게 말하면서 편지를 펼쳐보더니 이렇게 덧붙였다.

"편지가 아니었습니다. 시가 몇 줄 쓰여 있습니다."

"하트 잭의 글씨체인가요?"

다른 배심원이 물었다.

시계 토끼가 말했다.

"아닙니다. 그게 가장 이상한 부분이네요."

(배심원들은 모두 혼란스러워 보였다.)

"하트 잭이 다른 사람의 글씨체를 흉내 낸 게 틀림없다."

왕이 말했다. (배심원들은 모두 표정이 다시 밝아졌다.)

하트 잭이 입을 열었다.

"여왕님, 제가 쓴 게 아닙니다. 제가 썼다는 걸 증명하지도 못하지 않습니까. 시 끝에 서명도 없지 않습니까."

왕이 말했다.

"네가 서명을 하지 않았다면 사태는 더 심각해질 뿐이지. 틀림없이 나쁜 짓을 할 계획을 가지고 있었다는 뜻이니까. 그게 아니라면 정직한 사람들처럼 너도 서명했을 것이다."

이 말에 사람들은 박수를 보냈다. 왕이 그날 했던 말 중 처음으로 현명한 말이었기 때문이다.

"하트 잭이 유죄라는 것이 증명되었다."

여왕이 말했다.

"그건 아무것도 증명하지 못해요! 시의 내용도 모르잖아요!"

앨리스가 소리쳤다.

"읽어보아라."

왕이 명령했다.

시계 토끼가 안경을 쓰고 물었다.

"왕이시여, 어디부터 읽을까요?"

왕이 심각한 목소리로 말했다.

"처음부터 읽어라. 끝까지 계속 읽은 다음, 멈춰라."

시계 토끼가 읽은 시는 이랬다.

그들은 당신이 그녀에게 갔었다고 말했네.

그리고 그에게 내 얘기를 했다지.

그녀는 세세한 특징을 말해주었네.

하지만 내가 수영을 못한다고 말했다지.

그는 그들에게 내가 간 게 아니라는 말을 전했네.

(우리는 그게 사실인 걸 알지.)

만약 그녀가 계속 다그친다면

당신에게 무슨 일이 일어날까?

나는 그녀에게 하나를 주었고, 그들은 그에게 둘을 주었네.

당신은 우리에게 셋 이상을 주었지.

그것들은 그에게서 당신에게로 모두 돌아갔네.

비록 전에는 나의 것이었지.

만약 나나 그녀가

이 문제에 엮인다면

그가 당신을 풀어줄 거라 믿네.

원래 우리의 모습 그대로.

내 생각에는 당신이

(그녀가 이런 불같은 성격*을 갖기 전에)

그와 우리들 그리고 그것 사이의

장애물이었는데.

그녀가 그것들을 제일 좋아한다는 말은

그에게 전하지 마. 철저히 비밀로 해.

다른 사람은 전혀 모르는

당신 자신과 나 사이의 비밀로 해.

왕이 두 손을 비볐다.

"이건 우리가 지금까지 들은 것 중 가장 중요한 증거구나. 자, 이제 배심원이…."

그때 앨리스가 이렇게 선언했다.

"이 시가 무슨 말인지 설명할 수 있는 사람이 있다면 제가 6펜스를 주겠어요.(앨리스는 지난 몇 분간 몸이 너무 커져서 왕의 말에 끼어드는 게 전혀 두렵지 않았다.) 제가 보기에는 이 시는 눈곱만큼도 의미가 없어요."

배심원은 이 말을 모두 석판에 받아 적었다. '앨리스는 시에 눈곱만큼의 의미도 없다고 생각한다.' 하지만 시를 설명하려고 나서는 이는 아무도 없었다.

왕이 말했다.

"만약 시에 아무런 의미가 없다면, 큰 고민거리가 줄어드는 거지. 우리가 증거를 찾으려고 애쓸 필요가 없어졌으니 말이다. 그래도 난 좀 걸리는 게 있어."

왕은 무릎에 시를 펼쳐놓고 한쪽 눈으로 노려보았다.

"어떤 의미가 있는 거 같은데. '하지만 내가 수영을 못한다고 말했다지를 봐.' 너는 수영을 할 수 없지?"

왕이 하트 잭을 쳐다보며 물었다.

하트 잭은 울적하게 고개를 저었다.

"제가 할 수 있을 것처럼 보이나요?"

(물론 그는 수영하지 못할 것 같아 보였다. 온몸이 카드보드지로 만들어졌으니까.)

"여기까지는 됐고."

왕은 계속 시를 중얼거리며 읽었다.

"'우리는 그게 사실인 걸 알아' 물론 그건 배심원을 뜻하고. '나는 그녀에게 하나를 주었고, 그들은 그에게 둘을 주었네' 이 부분은 분명 하트 잭이 타르트를 건드렸단 뜻이지."

"하지만 '그것들은 그에게서 당신에게로 모두 돌아갔네'라고 이어지잖아요."

앨리스가 말했다.

"그래, 모두 돌아왔잖아!"

왕이 드디어 알아냈다는 듯 탁자에 놓인 타르트를 가리켰다.

"저 타르트보다 더 분명한 증거는 없지. 그다음은 '그녀가 이런 불같은 성격을 갖기 전에…' 여왕, 당신은 전혀 불같은 성격*이 아니죠?"

왕이 여왕에게 물었다.

"전혀 아니죠!"

여왕은 발작하듯 화를 내며 잉크통을 도마뱀에게 집어던졌다. (가여운 작은 빌은 손가락으로 석판에 써도 아무런 자국을 남지 않는다는 걸 깨닫고 쓰는 걸 그만두었다. 하지만 얼굴에 잉크가 흐르자 잉크를 콕 찍어 서둘러 쓰기 시작했다.)

"그럼 이 시구는 당신에게 맞지* 않아요."

• 불같은 성격으로 have a fit을 썼는데 fit에는 꼭 맞다라는 뜻도 있는 걸 이용한 말장난이다.

왕이 웃으며 법정을 돌아보았다.

법정에는 적막만이 흘렀다.

"말장난이었다!"

왕이 기분 상했다는 듯 말하자 모두가 웃음을 터트렸다. 왕은 그날 스무 번도 더 했던 말을 또 했다.

"배심원이 평결을 내리게 하라."

여왕이 말했다.

"아니요, 아니요! 선고를 내리는 게 먼저고, 평결은 나중이죠."

앨리스가 외쳤다.

"말도 안 돼요! 선고를 먼저 한다는 게 말이 돼요?"

"입 다물어라!"

여왕이 얼굴이 파래지며 소리를 질렀다.

"입 다물지 않을 거예요!"

앨리스도 지지 않았다.

"저 아이의 목을 베라!"

여왕이 목청껏 고함을 질렀지만 아무도 움직이지 않았다.

앨리스가 물었다.

"누가 당신 말을 듣겠어요? (이때쯤 앨리스는 원래 크기로 자라 있었다.) 당신들은 카드 종이일 뿐이잖아요!"

그 말에 카드 종이들이 공중으로 솟구치더니 앨리스 쪽으로 후드득 떨어졌다. 앨리스가 놀라서 작게 비명을 지르며 카드를 쳐내려고 하는 순간, 자신이 강둑에서 언니의 무릎을 베고 누워 있다는 걸 깨달았다. 언니는 앨리스의 얼굴 위로 떨어진 시든 나뭇잎을 부드럽게 쓸어내고 있었다.

언니가 말했다.

"앨리스, 일어나! 어쩜 낮잠을 이렇게 오래 자니!"

"와, 언니 나 진짜 신기한 꿈을 꿨어!"

앨리스는 당신이 방금 읽은 온갖 이상한 모험을 기억나는 대로 언니에게 모두 이야기했다. 앨리스가 이야기를 마치자 언니는 앨리스에게 입맞춤해주었다.

"정말이지 신기한 꿈이구나. 하지만 이제 티타임이라 가야 해. 늦겠어."

그래서 앨리스는 벌떡 일어나서 뛰어가며 생각했다. 얼마나 멋진 꿈이었던가.

하지만 언니는 앨리스가 자리를 뜬 후에도 그곳에 가만히 앉아, 손으로 머리를 괸 채 지는 해를 바라보았다. 앨리스와

멋진 모험 이야기를 생각하다가 짧은 꿈을 꾸기 시작했는데 꿈은 이렇게 펼쳐졌다.

먼저, 동생 앨리스를 꿈꿨다. 앨리스는 자그마한 손을 또 언니 무릎 위에 포개고 초롱초롱한 눈망울로 언니를 바라보았다. 앨리스의 목소리가 귓가에 낭랑히 들렸고 늘 눈에 들어가는 흘러나온 머리카락을 뒤로 넘기느라 머리를 특이하게 흔드는 모습도 보았다. 그리고 그녀를 둘러싼 주변 전체가 앨리스의 꿈에 나왔던 이상한 동물들로 생생히 살아나는 소리를 들었다.

시계 토끼가 서둘러 지나가느라 발 주변의 기다란 풀이 바스락거렸다. 겁먹은 쥐는 근처 연못을 첨벙이며 수영해 지나갔다. 3월 토끼와 그의 친구들이 끝없이 반복해서 차를 마시느라 찻잔을 부딪치는 소리, 불쌍한 손님들을 처형하라는 여왕의 소름끼치는 목소리가 들려왔다. 접시가 날아다니는 와중에 돼지를 닮은 아기가 공작부인의 무릎에서 재채기하는 소리도 들려왔고, 그리핀이 외치는 소리, 도마뱀의 연필이 석판을 긁는 소리, 제압당한 기니피그의 목 졸리는 소리가 멀리서 실려 오는 가짜 거북이의 울음소리와 섞여 주변을 가득 메웠다.

그래서 언니는 눈을 가만히 감고 앉아 자신이 이상한 나라에 있는 건 아닐까 상상해보았다. 비록 눈을 다시 뜰 수밖에 없고 그러면 모든 게 지루한 현실로 돌아가겠지만 풀은 바람에 바스락거릴 뿐이고 연못은 갈대에 흔들려 일렁이고, 달가닥거리는 찻잔은 양의 목에 달린 방울이며 여왕의 소름 끼치는 외침은 양치기 소년의 소리일 것이다. 아기의 재채기 소리, 그리핀의 히약 소리와 모든 괴상한 잡음은 바쁜 농장의 소란스러운 웅성거림으로 돌아가리라. 가짜 거북이의 서러운 울음소리는 저만치서 소떼가 우는 소리일 터였다.

마지막으로 앨리스의 언니는 이 어린 동생이 시간이 흐른 뒤 자신만의 모습을 어떻게 간직한 여성으로 성장할까 그려보았다. 어른이 되어가는 시간 동안, 앨리스는 어린 시절의 천진난만하고 사랑스러웠던 마음을 어떻게 간직할까. 그리고 자신의 아이들을 모아 놓고 신기한 이야기와 오래전 꿈꿨던 이상한 나라의 이야기까지 들려주며 얼마나 아이들의 눈을 반짝이게 하고 안달나게 할까. 어른이 된 앨리스는 어린 시절의 추억과 행복했던 여름날을 더듬으며, 아이들의 꾸밈 없는 슬픔을 공감하고 아이들의 소박한 즐거움에서 기쁨을 발견하며 얼마나 행복해할지 가만히 떠올려보았다.

어른이 되어가는 시간 동안,
앨리스는 어린 시절의 천진난만하고 사랑스러웠던 마음을
어떻게 간직할까.

옮긴이 박혜원

대학에서 영어학을 전공하고 대학원에서 영어 교육학을 전공했다. 글밥 아카데미를 수료하고 번역가의 길로 들어섰다. 현재 캐나다 밴쿠버에서 영어를 가르치며 번역 작업을 병행하고 있다. 지은 책으로 『유학영어 길라잡이』(공저)가 있다.

이상한 나라의 앨리스

1판 1쇄 발행 2020년 4월 17일
1판 3쇄 발행 2020년 6월 15일

지은이 루이스 캐럴   **그린이** 퍼엉   **옮긴이** 박혜원

발행인 양원석   **편집장** 최두은   **책임편집** 최다혜
디자인 이은혜, 김미선   **영업마케팅** 양정길, 강효경

펴낸 곳 ㈜알에이치코리아
주소 서울시 금천구 가산디지털2로 53, 20층 (가산동, 한라시그마밸리)
편집문의 02-6443-8844   **도서문의** 02-6443-8800
홈페이지 http://rhk.co.kr
등록 2004년 1월 15일 제2-3726호

ISBN 978-89-255-6877-5 (03840)